금장미 (로즈)

평범한 초등학교 3학년이자 캣 잉글랜드의 공주. 키우던 고양이들에게 이끌려 캣 잉글랜드로 가게 된다. 아버지의 책 〈그래머 캣〉의 비밀을 풀 수 있는 유일한 사람이다.

루이 블랙 (까망이)

캣 잉글랜드의 백작. 아버지가 왕위에 올랐으나 자신은 왕자로 인정받지 못했다. 아버지의 명을 받아 장미를 캣 잉글랜드로 데려간다.

에드워드 화이트 (하양이)

캣 잉글랜드의 왕실 수호기사. 캣 잉글랜드의 명문가 아들로, 어릴 적 장미와 친하게 지냈다. 장미를 여동생처럼 귀여워한다.

위너 브라운 (길냥이)

막대한 부를 가진 캣 잉글랜드의 상인. 정체를 알 수 없는 수상한 인물로 무슨 목적을 가지고 장미에게 접근했는지는 아무도 모른다.

블랙 1세

현재 캣 잉글랜드의 왕이자 장미의 삼촌. 장미의 아버지인
골드 3세가 왕위를 버리고 떠나자 왕좌를 물려받게 된다.
골드 3세와 그가 가진 골드 스톤을 찾으려 한다.

골드 3세 (장미 아빠)

장미 엄마와의 사랑을 지키기 위해 왕위를 버리고 인간 세
상으로 떠났다. 그러던 어느 날, 아내와 딸을 남겨둔 채 갑
자기 사라져 버렸다. 〈그래머 캣〉의 주인이기도 하다.

샤를

캣 잉글랜드의 궁전 집사. 대대로 캣 잉글랜드의 왕궁을 지켰다.
장미의 어린 시절 교육을 담당했었고 이후 장미를 여러 방면으
로 도와준다.

루비 화이트

에드워드의 여동생, 사교계의 꽃 혹은 스타라 불린다. 새침
데기에 제멋대로인 성격이지만 루이 앞에서는 조신한 숙녀
가 된다. 장미의 등장이 반갑지만은 않다.

차례

진짜 루이를 찾아라!

뭐야, 너!

누군데
내 모습을
하고 있어?

훗, 생각보다
빨리 왔군.

어떻게 된 거지?
루이 백작이
두 명이라니!

위험하니까
뒤에 서 있어,
공주.

슈
욱

6 ◆ **영단어** **학습** : what 무엇, you 너, 당신
fast 빠른, come 오다

위험하다고? 누가 할 소리를 하는 거야?

어서 공주에게서 떨어져!

떨어지기 싫다면 어쩔 건데?

뭐? 싫.다.고?

◆ **영단어** 학습 : dangerous 위험한, say 말하다
princess 공주, away 떨어진

영단어 학습 : sword 검, 칼, fake 가짜
well 글쎄, fight 싸우다

💎 **영단어 학습** : behind 뒤의, noisy 시끄러운
my 나의, look 표정

어떡해! 루이 백작을 도와줘야 해!

챙 챙 챙

그런데 누가 누군지 확실히 모르겠어!

아! 방금 나와 다정하게 춤을 춘 사람이 가짜일 거야!

백작이 내게 다정하게 춤을 가르쳐 줄리가 없으니까!

하아

하아

🔹 **영단어** 학습 : who 누구, dance 춤을 추다
surely 확실히, teach 가르치다

무슨 일이십니…. 아니?!

혁, 백작님이 두 명이라니??

에드! 어서 좀 도와주세요.

네, 저기 그런데…

어느 쪽이 루이 백작님 이시죠?

◆ 영단어 학습 : two 둘, quickly 빨리
but 그러나, which 어느 쪽

11

하아

하아

하아

당연히 이쪽이지!
뭘 고민하고 있어!

바보같이
속지 말라고,
진짜는 나니까!

음….

까칠한 말투로
봐선 둘 다 진짜
같은데….

됐어!
끼어들지 마!
이 정도 녀석은
나 혼자서 처리할
수 있으니까!

입만 살았군,
이 가짜 녀석!

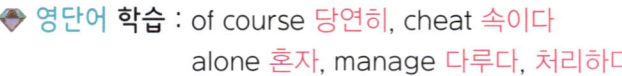

💎 영단어 학습 : of course 당연히, cheat 속이다
alone 혼자, manage 다루다, 처리하다

영단어 학습 : know 알다, think 생각하다
that 저것, 저 사람, real 진짜

✦ 영단어 학습 : now 이제, surrender 항복하다
your 너의, identity 정체

앗!
이게 무슨….

이런,
사라졌어!

툭

이럴 수가!
순식간에
사라지다니….

꺅!
도와줘요!

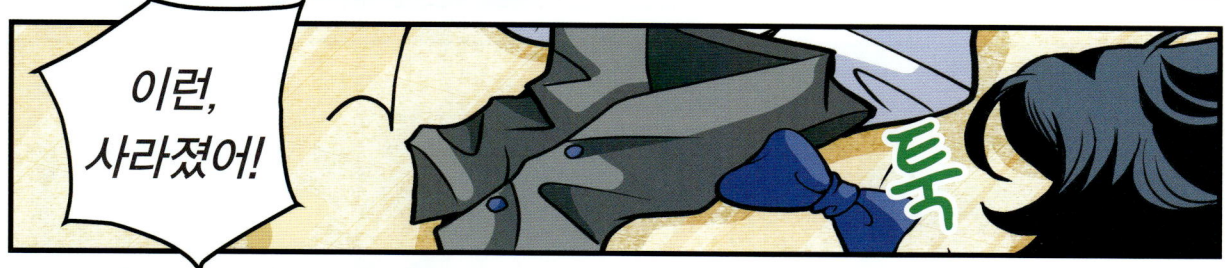

◆ 영단어 학습 : Oh 앗, disappear 사라지다
instant 순간, help 돕다

쉿, 조용히!
공주!

금장미?

당장 그 손
안 치워?

비겁하게
공주님을!

영단어 학습 : quiet 조용한, hand 손
touch 만지다, cowardly 비겁한

프린세스….

쪽

앗! 이마에 뭔가 닿았는데!

소근 소근

!

너 이 자식, 뭐 하는 거야?

크악!

◆ 영단어 학습 : kiss 키스하다, forehead 이마
contact 접촉하다, whisper 속삭이다

물러서!

어이쿠,
위험해라.

오늘은
방해자들
때문에 안 되겠네.
다음에 또
보자고.

이 자식!
거기
안 서?

공주님,
괜찮으세요?

◆ 영단어 학습 : next 다음에, again 다시
see 보다, stop 서다

뭐?
다음에 또
보자고?

캉

감히
내 모습으로
변장해 공주에게
접근하다니!

투덜

투덜

궁전에는
대체 어떻게
들어왔지?

루이 백작이
친절하게 춤을
가르쳐 주는 게
이상하긴
하더라.

친절하게?!
지금 그걸
말이라고
해?

공주님.

아까 그 자가
공주님께 뭐라고
했었죠?

놀라게 해서
미안하다고
사과했어요.
그리고….

아쉽지만
춤은 다음에
추자고….

영단어 학습 : same 같은, palace 궁전
enter 들어오다, how 어떻게

참! 아까 춤을 출 때 제게 아빠의 책이 어디 있는지 물었어요.

네? 골드 3세 전하의 〈그래머 캣〉을요?

네. 맞아요. 그 책이요.

저는 백작이 가지고 있는 게 아니냐고 되물었고요.

왕실 안에서도 〈그래머 캣〉의 존재를 아는 사람이 몇 안 될 텐데요.

그럼 정말 스파이가 있는 걸까요?

공주님!

치마에 뭔가 매달려 있어요.

20

◆ 영단어 학습 : dad 아빠, book 책
where 어디에, have 가지다

이거요.

이건!

* 데뷔식 : 처음 등장할 때 치르는 의식.

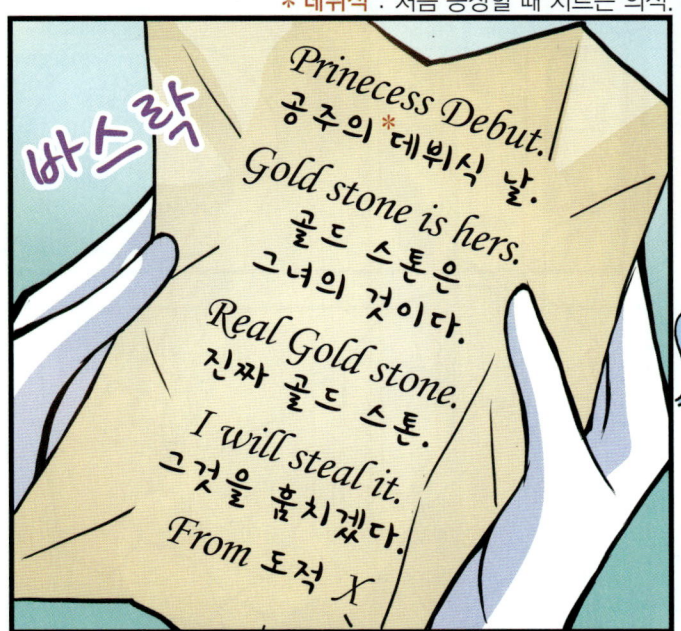

바스락

Princess Debut.
공주의 *데뷔식 날.
Gold stone is hers.
골드 스톤은
그녀의 것이다.
Real Gold stone.
진짜 골드 스톤.
I will steal it.
그것을 훔치겠다.
From 도적 X

도적 X라면
얼마 전
K공작의 보석,
'태양의 눈물'을 훔친
그 도둑 아냐?

네.
그는 부자나
귀족들의 보물들을 훔쳐
가난한 서민 믹스들에게
나눠 주어서, 아주
인기가 많죠.

◆ **영단어 학습** : will ~할 것이다, steal 훔치다
it 그것, thief 도둑

21

웃기는 놈이군.
그래 봤자
도둑은 도둑이야.

꾸깃

좋은 일을
하면 뭐 해!

방법이
잘못 됐는데.
인기는 무슨~.

휙

그런데 왜 하필
골드 스톤을
노리는 걸까요?

캣 잉글랜드
에서는 골드
스톤이 왕권의
상징이니까.

골드 스톤을
노린다는 건….
왕권에 대한
도전을 뜻하기도 하죠.
그래서 편지의 마지막
내용이 좀 걸리네요.

22 ◆ **영단어 학습** : funny 웃기는, popular 인기 있는
symbol 상징, letter 편지

I will…

steal it.

"I will steal it."
이게 무슨 뜻이에요?

웃기는 녀석이라니까!

스윽

"그것을 훔칠 것이다."는 뜻이에요.

그러니까 '그것'이 뭔데요?

앞 문장에 골드 스톤 이라고 두 번이나 써 있잖아, 바보야!

또 바보라고!

그게 그건지 내가 어떻게 알아!

◈ **영단어 학습** : mean 의미하다, twice 두 번
write (글자를) 쓰다, fool 바보

it은 '그것'이라는 뜻으로 사물을 가리키는 인칭대명사예요.

사람이나 사물을 대신해서 가리키는 말을 인칭대명사라고 해요.

인칭대명사?

네. 에드워드 화이트라는 제 이름 대신 '나', '저'라는 'I'를 쓰기도 하지요. 이런 것들을 인칭대명사라고 해요.

일일이 사람이나 사물의 이름을 부르지 않고, '그', '그녀', '그것'처럼 간단히 말할 수 있는 거예요.

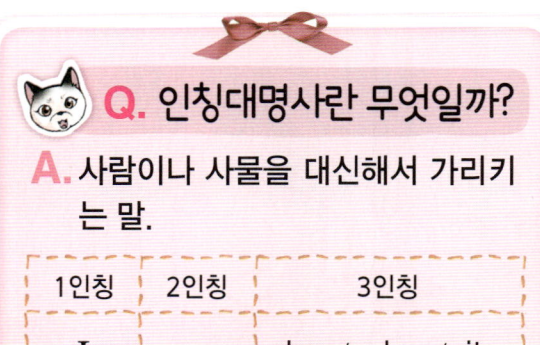

Q. 인칭대명사란 무엇일까?

A. 사람이나 사물을 대신해서 가리키는 말.

1인칭	2인칭	3인칭		
I 나	you 너	he 그	she 그녀	it 그것
we 우리	you 너희	they 그들, 그것들		

고마워요, 에드. 이제 알았어요.

특히 인칭대명사는 문장에서 어떻게 쓰이느냐에 따라 다르니까 기억해 둬.

◆ **대명사**(代 대신할 대, 名 이름 명, 詞 말 사) : 명사를 대신하는 말

인칭대명사(人 사람 인, 稱 부르다 칭, 代 대신할 대, 名 이름 명, 詞 말 사) : 사람이나 사물의 이름을 대신해서 부르는 말

Q. 인칭대명사의 주격과 목적격은 어떻게 다를까?

A.

주격 문장의 주어 역할	목적격 문장의 목적어 역할
I 나는	me 나를
you 너는	you 너를
he 그는	him 그를
she 그녀는	her 그녀를
it 그것은	it 그것을
we 우리는	us 우리를
they 그들은/그것들은	them 그들을/그것들을

잘 봐!

문장에서 주어 역할을 할 때는 주격 인칭대명사를,

문장에서 목적어 역할을 할 때는 목적격 인칭대명사를 쓰라는 거지?

문장 안에서 인칭대명사가 어떤 역할을 하는지 구분하는 게 가장 중요해.

스윽

"I am a boy."
나는 소년이다.
"They are girls."
그들은 소녀이다.
"은, 는" 주격 인칭대명사를 사용한 거고.

"Look at her."
그녀를 봐.
"I like them."
나는 그들을 좋아해.

하아

"을, 를" 목적격 인칭대명사를 쓴 경우야.

주격 인칭대명사와 목적격 인칭대명사! 꼭 기억하자!

휴, 〈그래머 캣〉을 읽을 날이 오긴 올까?

💎 **인칭대명사의 주격** : 문장에서 주어의 자격을 가진 인칭대명사
She is a princess. **그녀는** 공주이다.

뭐가 예리해. 그냥 대충 맞힌 거겠지!

저는 전혀 모르겠더라고요.

그런데 아까 어떻게 백작님과 도적 X를 구분해 내신 거죠? 굉장히 예리하시던데요!

아, 그건.

구두를 봤어요!

깨끗한 구두를 신은 사람이 도적 X라고 생각했어요. 백작의 구두는 연습할 때 마다 제가 계속 밟아서 많이 닳았거든요.

그런데 도적 X는 춤을 무척 잘 이끌어 줘서 구두를 밟을 일이 없었어요.

혁, 그 말은?

◆ **인칭대명사의 목적격** : 문장에서 목적어의 자격을 가진 인칭대명사
Ruy likes her. 루이는 그녀를 좋아한다.

뭐야, 내 춤 실력이 그 도둑놈 보다 더 못하다는 거야?

구두는 저도 많이 밟혔는데…. 제 춤 실력이 도적 X보다 많이 부족했군요.

아니, 저 그게 아니라….

두 사람의 춤 실력이 떨어진단 말이 아니에요.

그 자식, 가만 안 두겠어.

크으, 이런 굴욕은 처음입니다.

💎 인칭대명사의 **주격**과 **목적격** : They dislike him. 그들은 그를 싫어한다.
주격　　　　目的格

하여간!

이 일이 궁전 밖에 소문나면 끝장이야.

도적 X를 잡을 때까진 다들 입조심 해야겠군요.

특히 너!

움찔

친절하게 춤을 가르쳐 줬다고?

그걸 말이라고 해? 나 원 참, 어이가 없어서.

도적 X는 친절한 척 하는 나쁜 사람인 걸까?

그래, 루이 백작 말대로 도둑은 도둑이니까….

💎 인칭대명사의 주격과 목적격 : We have to catch him. 우리는 그를 붙잡아야 한다.
She likes them. 그녀는 그들을 좋아한다.

하지만….

같이 춤출 때는 마치 구름 위를 걷는 것 같았어!

그리고 무척 따뜻하고 상냥했다고.

도적 X는 진짜 어떤 사람일까?

◆ 인칭대명사의 주격 : He is gentle. 그는 상냥하다.
　　인칭대명사의 목적격 : I want to dance with you. 나는 너와 춤을 추고 싶다.

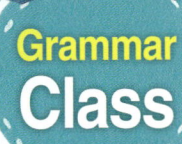

1장 인칭대명사란 무엇일까?

01. 대명사

(1) **대명사** : 명사를 대신하는 말

↗ 4화에서 배워요!

인칭대명사			지시대명사
I 나	you 너	he 그 she 그녀 it 그것	this 이것, 이 사람 that 저것, 저 사람
we 우리	you 너희	they 그들, 그것들	these 이것들, 이 사람들 those 저것들, 저 사람들

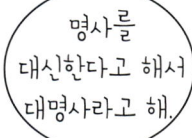
명사를 대신한다고 해서 대명사라고 해.

02. 인칭대명사

(1) **인칭대명사** : 사람이나 사물의 이름을 대신하는 대명사

(2) **인칭대명사의 종류**

1인칭 말하는 사람인 I(나) 또는 we(우리)

2인칭 말을 듣는 상대방인 you(너/너희)

3인칭 1인칭과 2인칭을 제외한 나머지
he(그), she(그녀), it(그것), they(그들/그것들)

(3) **인칭대명사의 단수와 복수**

	1인칭	2인칭	3인칭
단수	I 나	you 너	he 그 / she 그녀 / it 그것
복수	we 우리	you 너희	they 그들, 그것들

⑷ **인칭대명사의 주격과 목적격**

　① 주격 : 문장에서 주어 역할을 하는 인칭대명사. '~은/는', '~이/가'의
　　　　　의미로 쓰인다.

　② 목적격 : 문장에서 목적어의 역할을 하는 인칭대명사. '~을/를'의 의
　　　　　미로 쓰인다.

	단수		복수	
	주격 (~은/는, ~이/가)	목적격 (~을/를)	주격 (~은/는, ~이/가)	목적격 (~을/를)
1인칭	I 나는	me 나를	we 우리는	us 우리를
2인칭	you 너는	you 너를	you 너희는	you 너희를
3인칭	he 그는 she 그녀는 it 그것은	him 그를 her 그녀를 it 그것을	they 그들은 / 그것들은	them 그들을 / 그것들을

너는 ▶ 인칭대명사의 주격
（문장에서 주어의 역할）

문장에서 무슨 역할을 하는지 잘 파악해 보자!

You are a liar.
너는 거짓말쟁이야.

I hate you.
나는 너를 싫어해.

너를 ▶ 인칭대명사의 목적격
（문장에서 목적어의 역할）

Chapter **2**

도적 X의 정체!

WANTED
'도적X'
£1,000,000
보이는 즉시 신고하세요!

너는 어떻게 일을
이 지경으로 만든 거야!

이딴 기사가
나갈 때까지
뭘 한 거야?

탁!

공주의
데뷔식 날, 그녀의
골드 스톤을 훔치겠
다는 도적 X!

CAT ENGL

<newsbreak 특보>
What is his
purpose?
그의 목적은 무엇일까?

그런데 왜 진짜
골드 스톤이라고
한 것일까?

안 그래도,
골드 스톤이 가짜라는
말들이 많은데,
골드 스톤이 그녀의
것이라고?

당장 도적 X인지
뭔지 잡아들여!

32

◆ 영단어 학습 : newspaper 신문, purpose 목적
girl 여자아이, catch 붙잡다

그날 오후

WANTED

'도적X'
£1,000,000
보이는 즉시 신고하세요!

공주라면, 골드 3세와 인간 사이에서 태어난 외동딸?!

유일한 골드 혈통이라는 소문이 사실이었나 봐요.

소문은 바람과 같이 퍼져서 캣 잉글랜드 전체가 시끄러워졌다.

이번엔 왕실에 있는 공주의 보물을 훔친대요.

세상에….

와글 와글

저기 춤추는 아가씨가 공주님이란 말이지?

응, 골드 3세 전하의 따님이시래.

🔶 **영단어 학습** : afternoon 오후, want 원하다
treasure 보물, rumor 소문

도적 X 덕분에 이제 더 이상 숨어서 연습하지 않아도 되지만….

나를 쳐다보는 시선들이 너무나도 신경이 쓰이는걸.

호호

으아악!

꾹

에드, 어떡해! 미안해요!

으윽, 괜찮습니다.

잘 이끌어 드리지 못한 제 탓이죠. 도적 X는 공주님을 잘 이끌어 드린다는데….

엥, 그게 아니라.

에드가 은근히 뒤끝이 있네!

쿡 쿡 쿡 쿡

◆ 영단어 학습 : exercise 연습하다, me 나를
sorry 미안한, cry 울다

어머, 또 밟았어.

에드 님의 발이 남아나지 않겠네.

공주님, 신경 쓰이세요?

사람들이 자꾸 쳐다보니까 더 실수하게 되는 것 같아요.

게다가 오늘 도적 X의 편지 내용 때문에 블랙 1세 전하께서 화를 많이 내셨다는 이야기를 들었어요.

그 편지의 내용이 저랑 관련 있는 게 마음에 걸려요.

민감한 문제이긴 하지만 공주님 잘못은 아니니, 걱정 마세요.

◆ **영단어** 학습 : people 사람들, mistake 실수하다
today 오늘, matter 문제

아마
"Gold stone is hers."
라는 문장
때문일 거예요.

'hers'가
'그녀의 것'을 뜻하는
소유대명사
잖아요.

소유대명사요?

아, 먼저
소유격부터 알려
드릴게요.

소유격은
'~의' 의미로 누구의
것인지, 무엇의 것
인지를 나타내요.

Q. 소유격과 소유대명사란?

단수를
통해서 비교해
보아요!

	소유격		소유대명사	
A.				
1인칭	my	나의	mine	나의 것
2인칭	your	너의	yours	너의 것
3인칭	his	그의	his	그의 것
	her	그녀의	hers	그녀의 것
	its	그것의		×

예고장에 써 있는
'hers'는 '그녀의 것',
즉 공주님의 것을
뜻하죠.

공주님의
것이라는 말이 전하의
마음을 불편하게 한
모양이에요.

도적 X가
공식적으로 발표한 거나
마찬가지니까요.

…

◆ **인칭대명사의 소유격** : 명사 앞에 와서 누구의 소유인지를 나타내는 인칭대명사
Her gold stone is real. 그녀의 골드 스톤은 진짜이다.

그런데
그게 왜 문제가 되는지
잘 모르겠어요.

하하하, 그러게요.

골드 스톤은
골드 혈통이
물려받는 거니까,
공주님 것이
맞는데 말이죠.

아뇨,
그게
아니라
….

전 골드 스톤이
누구의 것이든
상관없어요.

다만, 도적 X가
한 말 때문에 전하께서
예민하신 것 같아서
마음에 걸려요.

흠….

정작 공주님은 골드 스톤에
관심도 없으신데 일이
시끄러워졌네요.

깊게 생각해 봤자
머리만 아프시니,
너무 신경 쓰지 마세요.

적어도
저와 함께 있는
지금은 말이죠.

◆ **소유대명사** : '소유격 인칭대명사 + 명사'를 합쳐서 '~의 것'이라는 뜻으로 쓰이는 말
Gold stone is hers. 골드 스톤은 그녀의 것이다.

네?

Rose's knight?

뭔가 멋진 말 같은데 무슨 뜻이에요?

무슨 일이 있어도 이 에드워드는 언제나 공주님 편이라는 것을 잊지 마시라고요.

저는 공주님의 기사, Rose's knight이니까요.

Rose's knight. 로즈의 기사. 명사의 소유격을 나타내는 말이에요.

Q. 명사의 소유격은 어떻게 만들까?

A. 단수형일 경우 : 명사 뒤에 –'s를 붙여 만든다.

장미의 책

예 **Rose** 로즈
명사

→ **Rose's knight.** 로즈의 기사
명사의 소유격

예 **Jangmi** 장미
명사

→ **Jangmi's book.** 장미의 책
명사의 소유격

로즈의 기사

명사의 소유격 : He is Rose's knight. 그는 로즈의 기사이다.
It is Jangmi's book. 그것은 장미의 책이다

아, 그럼 명사인 제 이름 뒤에 -'s를 붙이면 되는 거네요?

Rose's bag
로즈의 가방
Jangmi's shoes.
장미의 신발

아주 한가하네!

춤 연습은 안 하고 사이좋게 수다나 떨면서 앉아 있다니.

백작, 왔어!

누구는 네 데뷔식 준비하느라 눈코 뜰 새 없이 바쁜데 말이야.

정작 열심히 해야 할 사람은 앉아서 차나 홀짝거리고 있어?

◆ **명사의 소유격** : It is Rose's bag. 그것은 장미의 가방이다.
They are Jangmi's shoes. 그것들은 장미의 신발이다.

◆ -s로 끝나지 않는 복수형 명사의 소유격 : She dosen't want people's attention.
그녀는 사람들의 관심을 원하지 않는다.

꾹벅

미안해, 백작.

앞으로 집중해서 잘할게.

….

휙

너 하나 때문에 움직이는 사람이 한둘이 아니라는 걸 잊지 마!

저벅 저벅

탁!

공주님, 그만 고개 드세요. 백작님 가셨어요.

요즘 왜 저렇게 예민하죠?

전하께 다녀오신 후라서 저러시나 봐요.

전하께 혼나는 날에는 늘 저렇게 기분이 안 좋으세요.

어쨌든, 또 잔소리 듣기 전에 다시 춤 연습해요.

💎 **인칭대명사의 소유격과 소유대명사** : It is my fault. 그것은 나의 실수이다.
The fault is mine. 그 실수는 내 탓이다.

시간은 쏜살같이 흘러서….

데뷔식 하루 전날이 되었다.

공주님, 좋아요. 그대로, 세 박자 이후 *턴(turn)이에요.

네.

하나, 둘, 셋!

* 턴 : 반대 방향으로 방향을 바꿈.

탁

탁

지금이야, 오른발을 들어서 도는 거야!

우아, 잘하셨어요! 이제 좀 쉬시겠어요?

왜요? 아직 끝까지 춘 게 아니잖아요.

42 ◆ **영단어** 학습 : time 시간, step 발걸음
rest 휴식, turn 돌다

좀 쉬셔야 할 것 같아요.

어제도 늦게까지 연습하셨죠?

네.

마무리도 중요하지만, 공주님의 얼굴빛을 보니 안 되겠어요.

쿵~

얼굴이 너무 핼쑥해지셨어요. 이대로 계속하다 쓰러지실까 걱정이라고요.

집에 가서는 쉬세요. 안 그래도 인간 세상의 시간은 마법으로 멈춰 놓아서 힘드실 텐데.

털썩

캣 잉글랜드에서 춤 연습 기간 3일 → 인간 세상의 시간은 멈춰 있어서 몸은 쉬지 못 한 상태.

헉헉

3일이나 연습했는데, 시간은 그대로네.

열심히 하는 것도 좋지만 너무 무리하지 마세요. 공주님 건강이 더 중요하니까요.

쪼르르

고마워요, 에드.

◆ 인칭대명사의 소유격 : Your health is important. 너의 건강이 중요하다.
He worries about her health. 그는 그녀의 건강을 걱정한다.

43

실수하면 어떡해!

하지만 연습을 안 하면 불안한걸.

백작 말대로 나 때문에 여러 사람들이 애써 주는데 말이야.

열심히 해야…

꾸벅 꾸벅

공주님? 공주님!

역시 많이 피곤하시군요.

오늘은 여기까지만 하죠.

척

아뇨, 괜찮아요.

음냐 음냐

내일이 데뷔식인데 더 해야죠.

* 보고 : 일에 대한 내용이나 결과를 알림.

기사님! 도적 X에 대한*보고가 들어왔습니다.

벌컥

뭐?! 바로 가지!

공주님, 꼭 쉬고 계세요!

44 💎 **영단어** 학습 : hard 열심히, tired 피곤한
tomorrow 내일, report 보고, 보고하다

다음 수업까지
30분 정도 시간이
있으니까,

스르륵

끼익

팔자 좋다.

저벅

아주
조금만 쉴까?

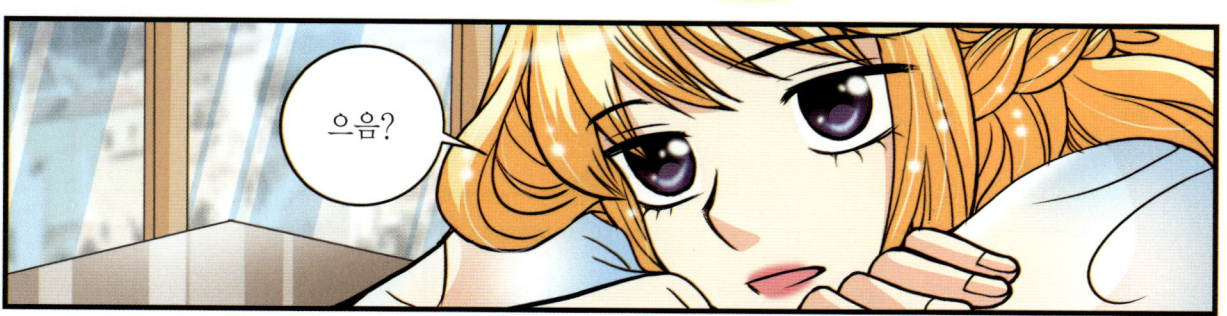

으음?

* 빈말 : 헛된 말.

어, 언제 왔어?

내일이 무슨 날인지
잊었어? 지금
잠이 와?

아까 열심히
하겠다고 한 건
다 *빈말이었지?

아니,
그게 아니라….

🔷 **영단어 학습** : minute (시간) 분, sleep 잠들다
open 문을 열다, when 언제

45

됐고, 빨리 일어나기나 해. 샤를이 널 찾고 있어.

샤를이? 알았어. 바로 갈게.

눈만 잠깐 감았다 뜬 것 같은데!

공주님의 데뷔식 드레스를 맞춰야 해요.

아, 왜 이러…지?

휘

청

휘청

휘청

금장미, 왜 이래!

미안.

잠깐, 중심을 잃었어.

◆ 영단어 학습 : dress 드레스, wait 기다리다
eye 눈, balance 균형

이제…
손 놔도 괜찮아.

샥

중심을 잃은 게
아니라,

잠이
덜 깬 거
아니야?

미안.

그 미안하다는
말 좀 안 할
수 없어?

그 말 한마디면
다 해결되냐고?

맨날
걸핏하면,
미안, 미안!

애초에
미안할 일을
만들지 말던….

💎 **영단어 학습** : hold 잡다, wake 잠에서 깨다
everyday 매일, solve 해결하다

🐾 **47**

◆ 영단어 학습 : faint 기절하다, anybody 아무나
royal 왕실의, doctor 의사

잠시 후

헉
헉헉
헉

빨리! 어떻게 좀 해 줘!

우선, 이쪽 침대로 누이세요!

너무 걱정하지 마세요. 피로로 인한 몸살 감기입니다.

최대한의 안정을 취하시면 곧 회복될 겁니다.

◈ 영단어 학습 : hurry 서두르다, firstly 우선
bed 침대, cold 감기

안정이라…

첨벙
첨벙

아, 이마가
시원해.

누가
이렇게…

다정히 대해
주는 걸까?

50 💎 **인칭대명사의** **주격**과 **목적격** : He takes care of her.
그가 그녀를 돌보고 있다.

💎 **인칭대명사의 소유격** : He holds her hand tightly.
그가 그녀의 손을 꽉 잡고 있다.

영단어 학습 : here 여기, hospital 병원
count 백작, nurse 간호하다, 간호사

턱 콩

뭐 하는 거야!

놀래라, 이마로 열을 잰 거구나!

열은 좀 내렸네. *미열은 아직 좀 있지만.

＊ 미열 : 그다지 높지 않은 몸의 열.

놀라게 해서 미안.

갑자기 쓰러져서 깜짝 놀랐잖아.

바로 일어나서 연습할게.

◆ **영단어 학습** : face 얼굴, surprise 놀라게 하다
fever 열, suddenly 갑자기

◈ 영단어 학습 : move 움직이다, shout 큰 소리
angry 화가 난, fall 쓰러지다

내가 미안하다고 해야 하는 거잖아!

미안… 하다고?

방금 백작이 나한테 사과한 거야?

◆ 인칭대명사의 **주격**과 **목적격** : He feels sorry for her.
그는 그녀에게 미안해 한다.

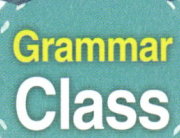

Grammar Class

2장 인칭대명사의 *소유격*과 *소유대명사*란 무엇일까?

o1. 인칭대명사의 *소유격과 소유대명사

(1) **소유격** : '~의'라는 의미로 사람이나 사물이 누구 또는 무엇의 소유인지를 나타낼 때 쓰임.

❤ **My** name is Winner.

   나의 이름은 위너이다.

(2) **소유대명사** : '인칭대명사의 소유격 +명사'를 합쳐 '누구의 것'이라는 의미로 쓰이는 말.

❤ The bag is **mine**.

   그 가방은 **나의 것**이다.

심화 과정

✏ 인칭대명사의 소유격과 소유대명사를 표를 통해 확인해 보아요.

	단수		복수	
	소유격	소유대명사	소유격	소유대명사
1인칭	**my** 나의	**mine** 나의 것	**our** 우리의	**ours** 우리의 것
2인칭	**your** 너의	**yours** 너의 것	**your** 너희의	**yours** 너희의 것
3인칭	**his** 그의	**his** 그의 것	**their** 그들의	**theirs** 그들의 것
	her 그녀의	**hers** 그녀의 것		
	its 그것의	×	**their** 그것들의	**theirs** 그것들의 것

＊**소유** : 가지고 있음, 또는 그 물건

02. 셀 수 있는 명사의 소유격

(1) **명사가 단수형일 경우** : 명사 뒤에 -'s를 붙여 만든다.

예 **Jangmi** 장미  ➡ **Jangmi's shoes** 장미의 신발

예 **the cat** 그 고양이  ➡ **the cat's name** 그 고양이의 이름

(2) **명사가 -s로 끝나는 복수형일 경우** : -'만 붙인다.

예 **boys** 소년들  ➡ **boys' desks** 소년들의 책상들

예 **students** 학생들  ➡ **students' books** 학생들의 책들

(3) **명사가 복수형이어도 -s로 끝나지 않을 경우** : -'s를 붙여 만든다.

예 **women** 여성들  ➡ **women's bags** 여성용 가방

예 **men** 남성들  ➡ **men's shoes** 남성용 신발

심화 과정

✏️ **명사의 독립소유격**

앞에 나온 명사의 반복을 피하기 위해 뒤에 나오는 명사를 생략하는 경우이며,
'~의 것'이라고 해석한다.

computer라는 단어가 반복

예 **The computer is my father's computer.**

➡ **The computer is my father's.** 그 컴퓨터는 나의 아버지의 것이다.

D-1, 장미의 데뷔식!

솔직히 무리한다는 건 알고 있었어.

네 몸 상태를 알면서도 몰아붙여서 미안해.

네가 열심히 따라와 주니까 자꾸 욕심이 나더라고. 그래서 조금만 더 연습하면 더 좋아질 것 같다는 생각에 그만….

뭐?

응. 처음에는 엉망이었잖아.

그런데 요즘에는 많이 좋아졌던 걸?!

더 좋아질 것 같았다고?

◆ 영단어 학습 : honestly 솔직히, body 몸
little 조금, more 더

그게 정말이야?

끄덕

더 좋아졌잖아. 확실히.

그래서 나도 모르게 더 몰아붙였나 봐.

휴~!

아, 다행이다!

휙!

?

열심히 하고 있기는 한데, 잘하고 있는 건지 계속 불안했어. 에드가 잘하고 있다고 칭찬했지만 에드는 늘 좋은 이야기만 하는 사람이라 그게 진짜인지 알 수 없었거든.

◆ 영단어 학습 : better 더 좋은, therefore 그래서 praise 칭찬하다, uneasy 불안한

휴, 이제야 안심이다!

그게… 전부야?

응, 왜?

넌 왜….

날 원망하지 않는 거야?

그거야. 내가 무리해서 쓰러진 건데, 왜 백작을 탓하겠어?

그동안 백작이 나한테 너무 화만 내니까 조금 섭섭하긴 했는데

다 맞는 말이었고 그래서 더 열심히 할 수 있었어.

백작의 말을 듣고 나니, 이제야 한시름이 놓인다. 고마워.

◆ 영단어 학습 : all 전부, anger 화

right 옳은, hear 듣다

고맙다고?

응, 그럼!

애는 착한 거야? 아니면 바보인 거야?

흠… 뭐.

아직도 내가 백작 때문에 쓰러진 것 같아?

괜찮아.

더 잘하라고 그런 건데 뭐.

◆ 영단어 학습 : thank 고마워하다, fool 바보
or 혹은, because ～ 때문에

응, 날 위한 잔소리라는 거 알아.

흠, 맞아. 더 잘하라고 내 생각을 직접 말했을 뿐이니까….

자신의 생각을 솔직하게 말할 수 있는 사람은 적어도 거짓말하는 사람은 아니래.

이것이 우리 엄마의 가르침!

왜 웃지? 이게 웃긴 이야기인가?

푸하하, 참 훌륭한 가르침이다.

어머님이 사람을 볼 줄 아시네.

하 하하

💎 **영단어 학습** : complain 불평하다, lie 거짓말
liar 거짓말쟁이, mom 엄마

큭, 역시 넌 특이해.

처음엔 이런 애가 공주라니 완전 실망했지만.

실망했다고?

당연하지!

영어도 못해, 춤도 못 춰. 실수투성이이고….

내가 어렸을 때 *동경했던 로즈 공주가 지금의 금장미랑 같은 사람일 줄이야.

＊ 동경 : 어떤 것을 간절히 그리워함.

나를 동경했다고?

오래된 옛날이야기야.

공주님, 이쪽이에요!

하하하

호호

◆ 영단어 학습 : laugh 웃다, unusual 특이한
disappoint 실망시키다, young 어린

63

엄청 귀엽고 *총명해 보여.

공주님! 에드워드 기사님께 공을 주세요!

자, 여기 있어요.

그때는 멀리서 바라보는 게 고작이었지만.

＊ 총명 : 영리하고 재주가 있음.

지금은… 그때와 달라.

지그시

？

왜 그렇게 쳐다봐?

내 얼굴에 뭐 묻었어?

근데, 너.

에드워드는 에드 라고 부르면서 나는 왜 백작이야?

◆ 영단어 학습 : ball 공, far 멀리
now 지금, different 다른

왜, 내 이름을
부르지 않고
백작이라고 하냐고!

아!

그거야….

갸우뚱

에드는 에드고,
백작은 백작이니까?

에드는 그렇게
부르는 게 편해서.

못마땅

* 촌수 : 친족 사이의 멀고 가까운 정도를 나타내는 관계.

야, *촌수는
내가 더
가깝잖아!

됐고!
그러니까!

하지만….

◆ 영단어 학습 : name 이름, call 부르다
cousin 사촌, close 가까운

앞으로 날 부를 때에는 내 이름으로 불러!

이름?

그럼 루이 블랙 백작?

좀 길지 않아?

루이! 그냥 루이라고 불러!

루이…?

그래.

좀 어색한데,

루, 루이가 원하면 알겠어.

◆ 인칭대명사의 **주격**과 **소유격** : **She** calls **his** name. **그녀가 그의** 이름을 부른다
주격   소유격

루이,
나 하고 싶은
말이 있어.

무슨 말?

실은 나
내일이 너무
걱정돼.

일어나서
연습해야 할
것 같아.

* **절대안정** : 환자를 누운 자세로 오랫동안 휴식을 취하게 함.

안 돼!

의사가
*절대안정을
취하랬다고!

하지만 나 때문에
여러 사람이 움직이는데,
그런 사람들을
실망시키긴 싫어.

마음이
불편해서 편히
쉴 수가 없는
거구나?

응.

끄덕

알았어!

💎 **인칭대명사의 주격과 목적격** : She talks with him. 그녀는 그와 대화한다.

주격　　　　목적격

67

그럼 이렇게 하자.
내일 행사의 순서를 한 번씩
확인하는 걸로.

그럼
네 마음도 편해질 테고,
그 정도는 무리하는 것도
아니니까.

좋아.

우선,
제일 중요한 발표문부터
확인해 보자.

"You know
the girl. The girl's
name is Rose Gold."
"당신들은 그 소녀를 압니다.
그 소녀의 이름은 로즈
골드입니다."

잠깐!

줘 봐!

68

💎 **영단어 학습** : order 순서, check 점검하다
mind 마음, important 중요한

① You know the girl. The girl's name is Rose Gold.
당신들은 그 소녀를 압니다. 그 소녀의 이름은 로즈 골드입니다.
② You and I are friends.
당신과 나는 친구입니다.

첫 번째 문장에서 '그 소녀'를 뜻하는 'the girl'이라는 명사가 이미 쓰였잖아.

이럴 때, 다음 문장에서 'the girl'을 반복해서 쓰기보다는 '그녀를'을 뜻하는 'her'이라는 3인칭 대명사로 쓰는 게 더 자연스러워.

 Q. 명사와 대명사를 일치시키는 방법은?(1)

A. 앞에 나온 명사를 대신할 때 반복해서 쓰지 않고 3인칭 대명사로 쓴다.

You know the girl. Her name is Rose Gold.
(명사) (3인칭 대명사)

당신은 그 소녀를 압니다. 그녀의 이름은 로즈 골드입니다.

명사와 대명사를 일치시키는 거구나.

응.

그럼 앞 문장의 '소녀'가 뒤 문장의 '그녀의'라는 대명사가 되네!

아~

그리고 ②번 문장. You and I 당신과 나.

이런 건 같은 뜻의 대명사 'We' '우리'로 바꿔 주는 게 더 친근한 느낌이 들지.

We = 우리

💎 명사와 대명사의 일치 : Look at the girls. They are pretty.
저 소녀들을 봐라. 그들은 예쁘다.

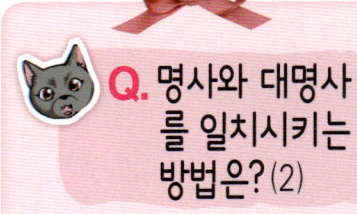

Q. 명사와 대명사를 일치시키는 방법은?(2)

A. 명사 또는 대명사 **and** 1인칭 대명사는 **we**로 대신한다.

예 **You** and **I** are friends.
(대명사) (1인칭 대명사)
너와 나는 친구이다.

▶ **We** are friends.
우리는 친구이다.

너와 나보다는 우리!

명사와 대명사를 일치시킬 때 and로 연결된 단어들을 대신하는 대명사는 '여럿'을 의미하기 때문에 복수형을 써야 해.

응, 알겠어.

이제 영어의 변화에 대해선 조금 익숙해졌거든.

아직 외우는 건 익숙하진 않지만.

그 정도면 훌륭해. 처음에 비하면 말이지.

정말?

칭찬해 주는 거야?

💎 **명사**와 **대명사**의 일치 : You and Ruy are my friends. 너와 루이는 나의 친구이다.
→ You are my friends. 너희는 나의 친구이다.

어쨌든 기분은 좋아. 칭찬은 칭찬 이니까.

크

그런데 루이는 먼가 칭찬도 불평처럼 하네.

바보냐?

그냥, 칭찬 받으니까 좋아서.

뭐야, 무슨 생각 중이길래, 힐끔거려?

쓸데없는 소리 말고 빨리 다음 부분 읽어!

루이와 나. 아니, 우리는 좀 더 친해진 걸까?

💎 **명사**와 **대명사**의 일치 : She and Ruy sit together. 그녀와 루이는 함께 앉아 있다.
→ They sit together. 그들은 함께 앉아 있다.

다음 날 아침

짹 짹

뭐?
공주님이
쓰러지셨다고?

지금
어디 계신데?

서쪽 궁에
계시답니다.

쾅!

공주님!

🐾 **명사**와 **대명사**의 일치 : He looks at the **princess** and the **count**. 그는 **공주**와 **백작**을 본다.
→ He looks at **them**. 그는 **그들을** 본다.

◆ **명사**와 **대명사**의 일치 : He sees Jangmi and Ruy. They are sleeping.
그는 장미와 루이를 본다. 그들은 잠을 자고 있다.

잠시 후

그렇다고 잠자는 사람 귀에다 대고 그렇게 큰소리를 쳐?

"잠자는 고양이의 귀는 건들지 말라."는 속담도 몰라?

↳ 캣잉글랜드 속담

그 정도로 넘어간 걸 감사히 생각하세요.

백작님 때문에 공주님이 무리하셔서 쓰러진 걸 생각하면,

여전히 화가 나니까요.

어쩔 수 없었다고!

아, 알겠다! 설마 지금 질투… 하는 거야?

질투라…. 제가 질투를 할 이유가 있나요?

◆ 영단어 학습 : ear 귀, cat 고양이
proverb 속담, jealousy 질투

명사와 대명사의 일치 : Look at the princess. She is beautiful.
공주를 봐라. 그녀는 아름답다.

🐾 💎 **영단어 학습** : place 장소, escort 데려가다, 에스코트
refuse 거절하다, relative 친척

금장미….

루이는 이것 말고도 할 일이 많잖아.

블랙 1세 전하가 맡기신 데뷔식 전체를 진행해야 하고.

진행 잘 부탁해.

그럼 백작님, 이따 뵙죠.

뭐야? 나만 두고!

잠시 후

또각

또각

루이가 또 화를 내네요.

저를 간호 하느라 시간을 뺏겨서 할 일이 많을 텐데….

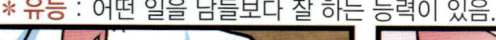

＊ 유능 : 어떤 일을 남보다 잘 하는 능력이 있음.

백작님 일이라면 걱정하실 것 없습니다. 워낙＊유능하시니까요.

네. 알겠어요.

그런데!

도대체 언제부터….

◆ 영단어 학습 : ceremony 의식, 의례, later 나중에 smile 미소, worry 걱정하다

백작님을 '루이'라고 부르실 정도로 친해지신 거죠?

어제까지만 해도 계속 백작이라고 부르셨던 것 같은데.

아, 그거요?

어젯밤에 이것저것 이야기를 하다 보니 좀 친해져서, 그렇게 부르기로 했어요.

물론 저 혼자만 친해졌다고 생각하는 걸지도 모르지만요.

그렇군요.

그건 아닐 거예요, 공주님.

공주님, 도착했습니다.

◈ 영단어 학습 : yesterday 어제, evening 저녁
talk 이야기하다, close 친한

와 와

부들 부들

어떡해요, 갑자기 너무 떨려요.

성 아래에 백성들이 모두 모여 공주님을 기다리고 있습니다.

부들 부들

꽉

떨림을 멈추게 하는 마법의 주문을 알려 드릴게요.

Fight fire with fire. "불은 불로 다스린다."

🔷 **영단어 학습 :** wait 기다리다, magic 마법
shiver 떨다, fire 불

💎 명사와 대명사의 일치 : She wears a dress. It is beautiful.
그녀는 드레스를 입고 있다. 그것은 아름답다.

명사와 대명사의 일치 : The princess meets people. They welcome her.
공주는 사람들을 만난다. 그들은 그녀를 환영한다.

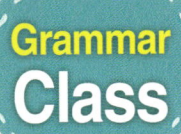

3장 명사와 대명사의 일치

01. 명사와 대명사의 일치 (1)

앞에 나온 명사를 대신할 때는 3인칭 대명사를 쓴다. 앞에 나온 명사가 단수일 때는 3인칭 단수형, 복수일 때는 3인칭 복수형을 써야 한다.

명사		대명사	예시 문장
사람	단수	**he** 그 / 그는	I know a boy. He is handsome! 나는 한 소년을 안다. 그는 잘생겼다.
		she 그녀 / 그녀는	Look at the girl. She is pretty. 저 소녀를 보아라. 그녀는 예쁘다.
	복수	**they** 그들 / 그들은	I have two sisters. They are beautiful. 나는 두 명의 여동생이 있다. 그들은 아름답다.
사물	단수	**it** 그것 / 그것은	I have a book. It is very nice. 나는 한 권의 책이 있다. 그것은 매우 훌륭하다.
	복수	**they** 그것들 / 그것들은	I have two bags. They are small. 나는 두 개의 가방이 있다. 그것들은 작다.

02. 명사와 대명사의 일치 (2)

and로 연결된 단어들을 대신하는 대명사는 '여럿'을 의미하기 때문에
복수형(**we** 우리, **you** 너희, **they** 그들)을 사용한다.

(1) 명사 or 대명사+**and**+1인칭 대명사
→ **we**로 대신한다.

Ruy and I 루이와 나
명사 1인칭 대명사
→ we! 우리

(2) you+**and**+명사 or 3인칭 대명사
→ **you**로 대신한다.

You and Jangmi 너와 장미
you   3인칭 대명사
→ you! 너희

(3) 3인칭 대명사+**and**+명사
→ **they**로 대신한다.

She and her family
3인칭 대명사   명사
그녀와 그녀의 가족
→ they! 그들

(4) 명사+**and**+명사
→ **they**로 대신한다.

Jangmi and Edward
명사   명사
→ they! 그들

궁금해요?!

Q. and로 연결된 긴 문장을 대명사로 대신할 때, 어떤 대명사를 쓸지
쉽게 고르는 방법은 없을까요?

A.

간단한 방법이
있어요, 공주님!

그게
뭔데요?

문장에
I가 있으면 we로,
I가 없고 you만 있으면
you로, 나머지는 they로
대신하면 됩니다!

새침데기 루비의 등장!

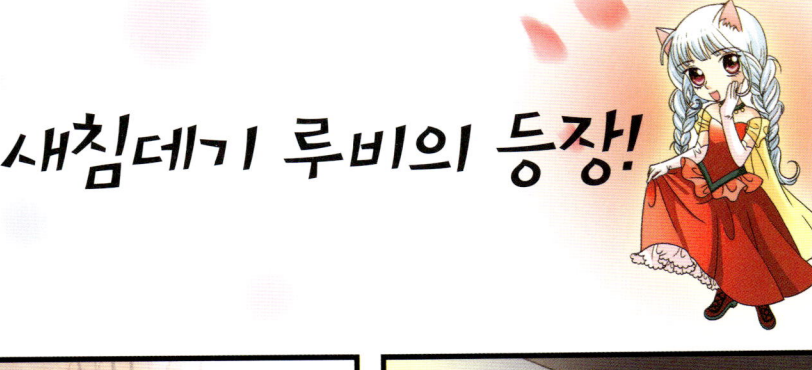

와 와

이렇게 여러분을 다시 만나게 된 것을 기쁘게 생각합니다.

우아, 정말 예쁜 공주님이야.

어제 고친 부분을 제대로 말하고 있어.

잘했어, 금장미.

잘 부탁드립니다. 감사합니다.

봤어? 왕족이 우리에게 고개를 숙였어!

◆ 영단어 학습 : glad 기쁜, everyone 모두
correct 고치다, bow 고개를 숙이다

휴, 떨려서 혼났네.

제대로 한 거 맞겠지?

후들
후들

네, 공주님! 정말 잘하셨어요.

정말요?

진짜 잘한 거 맞죠?

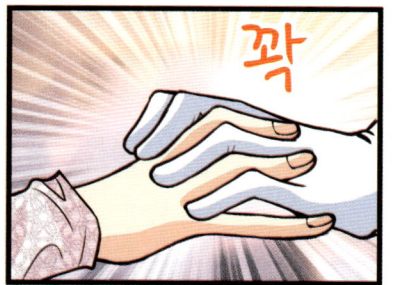

꽉

그럼, 마법의 주문을 한 번 더 외워 드릴까요?

에드~!

실은 그것 때문에 이상하게 더 떨렸단 말이에요!

에드가 뭘 어쨌는데?

💎 **영단어 학습** : quiver 떨리다, still 아직도
once 한 번, more 더, 더 많은

뭐가 이상하게 더 떨렸다는 거야?

루이?!

하하, 아냐. 아무것도.

이 시간에 여긴 어쩐 일이야?

오늘 바쁘다고 하지 않았어?

바쁘긴 하지만 그래도 할 말은 해야지.

오늘 발표 잘했어! 바뀐 부분도 차분하게 잘 말했던걸!

정말?

하지만 아직 다 끝난 게 아니야.

진짜는 지금부터라고!

영단어 학습 : busy 바쁜, announcement 발표
change 바뀌다, part 부분

86

응, 곧 있을 귀족들과의 파티를 말하는 거구나! 루이도 올 거지?

난 여기를 마무리하고 가야 해서 좀 늦을 거야.

에드가 날 대신해서 잘 데리고 다니도록!

걱정 마세요! 오늘 하루는 제가 공주님을 책임지고 모실 테니!

그리하라고 공주님께서 저를 선택하셨으니까요!

* 견제 : 상대방이 힘을 키우지 못 하게 함.

가시죠, 공주님.

네.

좀 전에 하던 얘기 계속 할까요?

훗!

에드워드 녀석, 지금 나를 *견제 하는 거야?

◆ 영단어 학습 : noble 귀족의, party 파티
late 늦은, choice 선택

여러분, 드디어 로즈 공주님께서 입장하십니다!

파티장 안

어머나, 아름다운 금발 좀 봐!

세상에, 정말 예쁘다.

에드워드 님도 함께 오셨네?

사람들의 시선이 모두 나에게 집중되어 있어!

영단어 학습 : finally 드디어, blonde 금발의
light 빛, focus 집중하다

이 모든 사람들이 나를 쳐다보고 있다고!

공주님, 만나 뵙게 되어 영광입니다.

저는 공주님과 12촌 사촌인 오를레앙 공작입니다.

네, 안녕하세요.

예, 공주님.

왜글 왜글

저분은 캣 잉글랜드의 재상이신 찰스 공작입니다.

안녕하세요, 반갑습니다.

왕족과 귀족, 관리들까지, 인사할 사람이 엄청 많네.

오라버니!

속

🔷 영단어 학습 : everybody 모두, honor 영광
duke 공작, hello 안녕하세요

난 공주님께 언제
인사시켜 줄 거야?

우아, 엄청
예쁜 애잖아!

사람들
보는데, 팔짱은
좀 빼지?

왜,
어때서~.

에드랑
엄청 가까운
사이인가 봐.

공주님,
인사하세요. 이쪽은
제 여동생 루비
화이트입니다.

◆ 영단어 학습 : introduce 소개하다, pretty 예쁜
relation 관계, sister 여자 형제

저희 집 막내 녀석이에요. 공주님이랑 나이가 같지요.

아…! 에드의 여동생이라고?

공주님, 반가워요!

생글생글

오빠한테 이야기 많이 들었어요.

앞으로 공주님과 친하게 지내고 싶은데, 허락해 주실 거죠?

하하, 그럼요.

에드의 동생이라서 그런지 *사교성이 좋네.

◆ 영단어 학습 : family 가족, age 나이
same 같은, brother 남자 형제

저랑 저쪽으로 가서 함께 놀아요. 네?

저쪽에 공주님 또래의 여자 귀족들이 모여 있거든요.

안 돼, 루비. 공주님은 할 일이 많으셔.

무슨 소리야! 공주님도 파티를 즐기셔야지!

아까부터 계속 인사만 다니시느라 힘들어 보이신다고!

휴, 알았어. 그럼 얼른 다녀와.

하아

야호! 공주님, 가요~!

하여간 저 녀석!

하지만 공주님의 기분이 나아진다면야…

빨리~ 빨리~

얘들아, 이리 와서 공주님께 인사드려!

💎 영단어 학습 : there 그곳, 저쪽, play 놀다
enjoy 즐기다, minute (시간)분

제 친구들 실비아, 릴리, 데이지예요.

반가워요. 공주님.

신문에서 공주님 기사를 봤어요.

사진보다 실물이 더 예쁘시네요.

아, 네 고맙습니다.

에드워드 님과 같이 입장하시다니 정말 부러워요!

오늘 루이 백작님이 안 보이시던데, 혹시 보셨나요?

호호

아, 수다를 떨었더니 목이 마르네~.

루이와 에드, 정말 인기가 많구나.

나도 목말라.

나도!

공주님!

네?

◆ **영단어 학습** : left 왼쪽, news 뉴스, 소식
picture 사진, handsome 잘생긴

This is a cup.
이것은 컵이에요.
And that is
a Juice bar.
그리고 저것은 주스
바예요.

this? that?
뭐지?

어머?
설마 지금
제 말을 못
알아들으시는
건, 아니죠?

에이,
설마!

왜들 그래,
공주님이 못
알아들으실
수도 있지!

실은, 주스 바와
컵은 알겠는데,
앞에 this와 that이
뭔지 모르겠어서요.

this와 that은
지시대명사예요.

지시대명사요?

◆ 지시대명사(指 손가락 지, 示 알리다 시, 代 대신할 대, 名 이름 명, 詞 말 사) : 손가락으로 지
적하듯이 사람이나 사물을 대신 가리키는 대명사

Q. 지시대명사 this와 that?

A.

this
가까이에 있는 사람이나 사물 하나를 가리키는 대명사
예 **This is a cup.**
이것은 컵이다.

that
조금 떨어져 있는 사람이나 사물 하나를 가리키는 대명사
예 **That is a juice bar.**
저것은 주스 바다.

공주님, 이것, 저것 가리키는 말을 지시대명사 라고 해요.

영어가 서투르시다는 말을 듣긴 했지만….

조금 충격이네요.

아직 공부를 많이 못 했거든요.

얘들아, 모르실 수도 있지.

탁

여기 오신지 얼마 안 되셨잖아. 모르시는 건, 당연해.

우리가 앞으로 하나씩 잘 알려드리자!

찡긋

응.

자, 제가 알려드릴게요. 음료는 저쪽 주스 바에서 가져오시면 돼요.

전 자몽 주스 부탁드려요!

제 것 도요!

전 포도 주스요!

혼자서 괜찮으시겠어요?

네… 괜찮아요.

훗!

◆ 지시대명사 **this** : **This** is a princess. 이분은 공주님이다.
　　　　　　 (this = a princess)

한 잔,
두 잔, 세 잔.

아무래도
안 되겠어.

네 잔을
한꺼번에 다
못 들겠는데….

물 먹는
하마냐?

내가 마실 건
아니고 친구들이
가져다 달라고
부탁해서.

대체
혼자서 몇 잔을
마시는 거야?

루이!

친구들?

💎 지시대명사 that : That is a count. 저분은 백작이다.

(that = a count)

오늘 에드워드 님 걸어 나올 때 모습 봤어?

완전 멋있으셔!

탕!

자, 여기 음료수 네 잔 맞지?

어, 어머!

백작님!

루이! 내가 가져간다니까!

빠직

탁

공주님!

◆ 지시대명사 this : This is my grape juice. 이것은 나의 포도 주스이다.

지시대명사 that : That is your orange juice. 저것은 너의 오렌지 주스이다.

그래서 제가 같이 가겠다고 했잖아요.

기어이 혼자 가신다고 고집을 부리시더니!

제가 언제….

아까 분명히 저에게 가져오라고….

아니에요!

그건 공주님한테 영어를 가르쳐 드리려고 한 거잖아요.

지시대명사를 잘 모르시는 것 같아서, 주스 잔으로 예를 들어서 설명해 드리려고 했는데.

영어를 잘 모르셔서 오해하셨나 봐요.

아, 그런 거예요?

◆ **지시대명사 these** : These are my friends. 이들은 내 친구들이다.
(these = my friends)

이렇게 가까이 있는 물건들을 복수형의 지시대명사로 나타낼 경우에는 these 라고 해요.

"These are cups."
"이것들은 컵들이다."

Q. 지시대명사 these와 those?

A.

these

this의 복수형. 가까이에 있는 사람들이나 사물들을 가리킨다.

(예) **These are cups.**
이것들은 컵들이다.

those

that의 복수형. 조금 떨어져 있는 사람들이나 사물들을 가리킨다.

(예) **Those are cups.**
저것들은 컵들이다.

this와 that의 복수형입니다!

지시대명사는 쓸 일이 많으니 잘 기억해 두시는 게 좋아요.

오, 루비~. 이제 보니 어른이 다 됐네.

자기밖에 모르던 새침데기 루비가 다른 사람에게 영어를 다 가르쳐 주고!

백작님은! 제가 아직도 어린애인 줄 아세요?

하여간.

척

💠 **지시대명사 those :** Those are nobles . 저들은 귀족이다.
(those = nobles)

앞으로 로즈 공주를 잘 부탁해. 언제까지고 나랑 에드가 시시콜콜 챙겨줄 수도 없으니까.

루비가 친하게 지내 주면 좋겠어.

그럼요!

뭐, 그런 당연한 일을 부탁까지 하고 그러세요?

분명히 얼굴은 웃고 있는데 왜 화가 난 것 같지?

꽈악~

그래, 든든하네.

아, 이 음악은!

댄스 타임이야!

어서 파트너를 찾으러 가자!

◆ 영단어 학습 : friendly 친한, music 음악
dance 댄스, partner 파트너

에드워드 님, 저랑 함께 춤춰요!

안 돼요! 저 먼저 춰 주세요!

기다려! 내가 먼저 잡았어!

레이디들, 미안하지만 난 따로 *선약이 있어요….

힝, 안 돼요!

* 선약 : 먼저 약속함.

역시 에드워드의 인기는 알아줘야 해!

할 수 없군, 이렇게 되면….

슥!

백작님!

덥

석

◆ **영단어 학습** : with ～와 함께, lady 여성, 숙녀
best 최고의, popular 인기 있는

◆ 지시대명사 this : This is a dance party. 이것은 댄스파티이다.

(this = a dance party)

로즈 공주님, 처음 뵙겠습니다.

저는 이곳저곳을 떠도는 *상인, 아무개라 합니다.

외국에서 들여온 물건들을 궁 안으로 들이다가, 이곳으로 들어오게 되었죠.

* 상인 : 장사를 직업으로 하는 사람.

상인이라고요?

궁 안에서 귀족들만 만났는데 다른 신분의 사람을 만나게 되다니 신기하네요.

공주님께 춤 한 곡 청하고 싶은데….

천한 제 신분으로는 어림없겠죠?

아뇨. 아니에요.

신분은 중요 하지 않아요!

◈ **영단어 학습 :** merchant 상인, foreign 외국의
here 이곳, 여기, person 사람

허락해 주셔서 감사합니다. 그럼 나갈까요?

앗, 네.

어머, 공주님이랑 춤추는 저 남자는 누구야?

옷차림이 독특한데?

처음 보는 얼굴인데 누구지?

왜일까?

이 사람, 어딘가 친근한 느낌이 들어.

◆ 영단어 학습 : man 남자, clothes 옷
familiar 친근한, feel 느끼다

큰일
났습니다!

도적 X가
서쪽 궁에
나타났습니다!

뭐?
도적 X?

당장
군대를 불러
모아라!

가자!
서쪽 궁이랬지?

백작님!
서두르시죠!

우리 물건도
훔쳐가는 거
아니에요?

세상에!
정말 도적 X가
나타날 줄이야!

웅성

여러분,
어서 이곳을
빠져나갑시다.

웅성

얼른
나가자고요!

💎 **영단어 학습** : appear 나타나다, army 군대
west 서쪽, go out 나가다

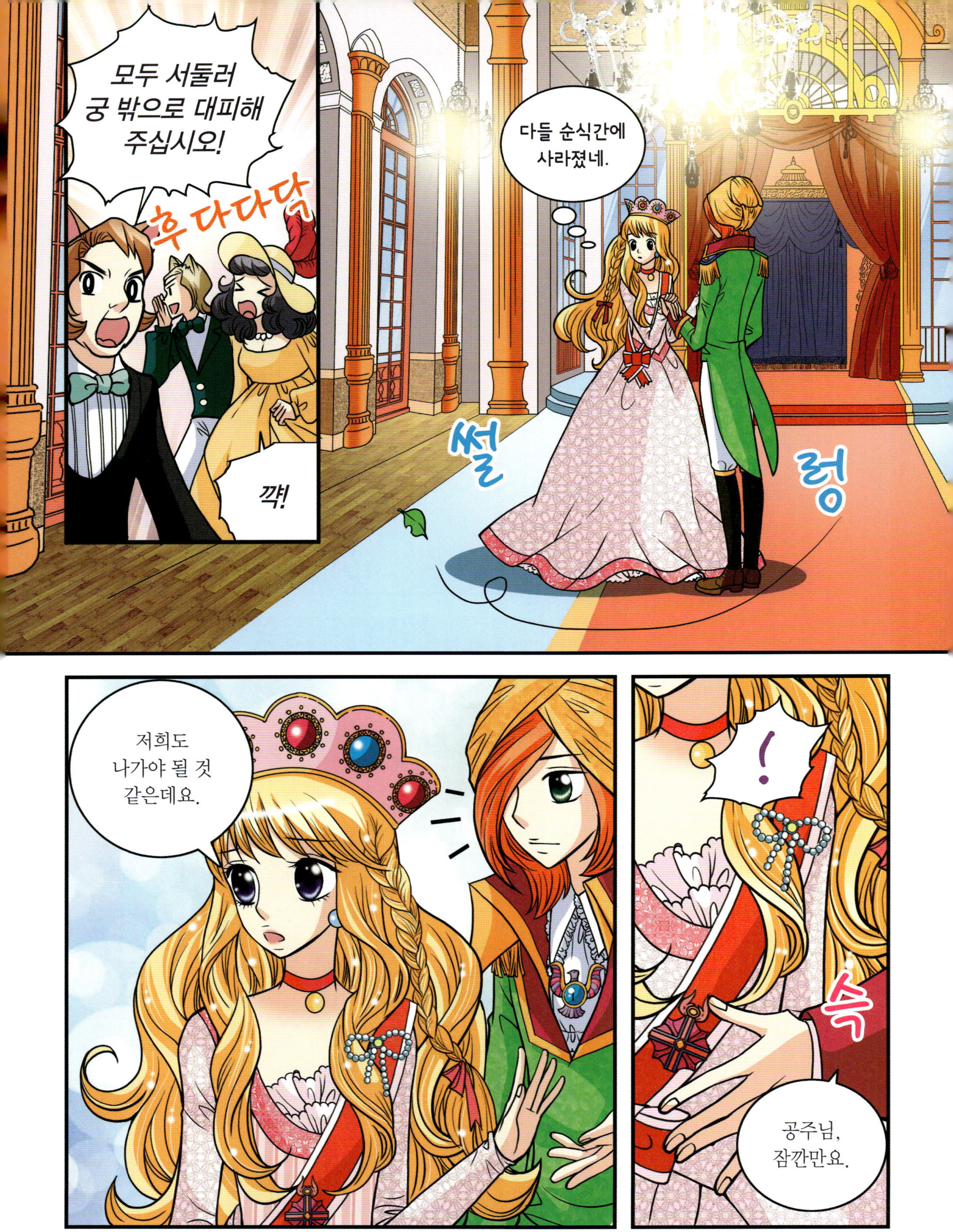

모두 서둘러 궁 밖으로 대피해 주십시오!

후 다다닥

깍!

다들 순식간에 사라졌네.

썰

렁

저희도 나가야 될 것 같은데요.

!

속

공주님, 잠깐만요.

◆ 지시대명사 that : That is a thief. 저 사람은 도적이다.
(that = a thief)

어디를
가시려고요?

네?

못 보내드려요.

저와
한 곡을 다 추시기
전까지는.

◆ **지시대명사 this** : This is a dance hall. 이곳은 댄스홀이다.
(this = a dance hall)

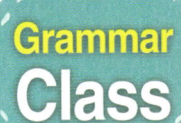

4장 지시대명사란 무엇일까?

01. 지시대명사 this와 that

(1) 지시대명사 **this**

가까이에 있는 사람이나 사물 하나(단수)를 가리키는 대명사이며, '이것', '이 사람'이라고 해석한다.

예 **This is a cup.** 이것은 컵이다.

This is a book. 이것은 책이다.

This is a cup. 이것은 컵이에요.

(2) 지시대명사 **that**

조금 떨어져 있는 사람이나 사물 하나(단수)를 가리키는 대명사이며, '저것', '저 사람'이라고 해석한다.

예 **That is a juice bar.** 저것은 주스바다.

That is a juice bar. 저것은 주스바예요.

02. 지시대명사 these와 those

(1) 지시대명사 **these**

this의 복수형. 가까이에 있는 사람들이나 사물들(복수)을 가리키며, '이 사람들', '이것들'이라고 해석한다.

예 **These are cups.**
이것들은 컵들이다.

(2) 지시대명사 **those**

that의 복수형. 조금 떨어져 있는 사람들이나 사물들(복수)을 가리키며, '저 사람들', '저것들'이라고 해석한다.

예 **Those are cups.**
저것들은 컵들이다.

장미를 놓아줘!

탁

이봐요! 지금 춤추고 있을 때가 아니란 말이에요!

상인이라면 물건들이 무사한지 확인해야죠!

날도 어두워지고 있으니 어서 궁 밖으로 피하세요.

전 도적 X를 찾으러 가야 해서 이만 가 볼게요.

홋, 도적 X를 찾는 거라면 말이야….

멀리 가지 않아도 돼.

110 ◆ **영단어 학습** : goods 상품, 물건, safe 안전한
dark 어두운, find 찾다

스 윽

네가 찾는
도적 X가 바로
나니까!

도적 X가
당신?!

!

쉬잇, 조용!
궁에 힘들게 들어왔는데
이렇게 쉽게 들통나면
안 되지 않겠어?

여기서 들키면
억울하다고.

◆ **1인칭**대명사 : I am a thief. 나는 도적이다.
　　　　　　　(I = a thief)

예고장을
봤을 테니 내가
여기에 온 이유를
잘 알고 있겠지?

진짜
골드 스톤!
어디에 있지?

저한테
물어보아야 아무
소용없어요.

아빠 책은
저한테 없단
말이에요!

루이가
저쪽 창문 근처에
비상벨이 있다고
했는데···

혹시, 무슨 일이
생기면 벽에 있는
벨을 눌러!

112

◆ **명사의 소유격** : I don't have my dad's book.
(명사 뒤에 -'s)   나는 아빠의 책을 가지고 있지 않다.

조금만 더, 조금만 더 뒤로 가면 ….

좋아, 어쨌든 더 확실해졌군.

슬금 슬금

네? 뭐가요?

이상하잖아? 생각해 봐.

내가 예고장에 훔쳐갈 거라고 쓴 건 골드 스톤 인데….

넌 계속해서 네 아버지의 책을 이야기하고 있잖아? 골드 3세의 책 말이야.

그건…, 당신이 예전에 루이로 변장해서 그 책을 찾았잖아요.

◆ 영단어 학습 : bell 벨, gold 금
stone 돌, 보석, disguise 변장하다

그래. 하지만 그건 단순한 추측이었지.

사실 골드 3세가 남긴 책에 대해선 익히 들어 알고 있었고,

그게 골드 스톤과 관련이 있을 것 같았거든.

그런데 방금 공주의 말을 들으니 더 확실해진 느낌이야.

그건 당신이 물어봤던 게 생각나서 그냥 한 말이에요!

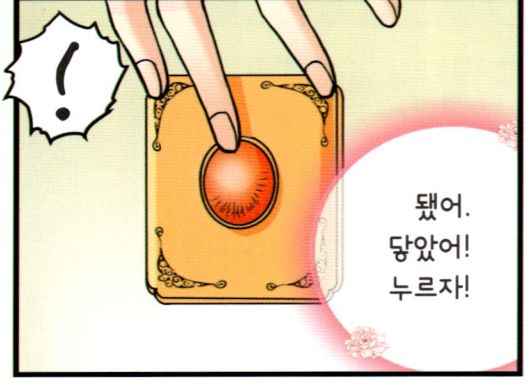

!

됐어. 닿았어! 누르자!

꾹!

💎 영단어 학습 : simple 단순한, guess 추측하다, feeling 느낌, press 누르다

삐이 삐이 삐이 삐이

호오, 비상벨이라….

아무렇지 않은 얼굴을 하고는 제법인데?

이제 곧 사람들이 몰려올 거예요. 그러니 어서 이곳에서 나가세요!

맞아. 나갈 거야.

💎 **지시대명사 this** : This is an alarm bell. 이것은 비상벨이다.
(this = an alarm bell)

115

◆ 3인칭대명사의 **주격**과 **소유격** : **He** catches **her** hand. **그는 그녀의** 손을 잡는다.

주격   소유격

한발 늦었습니다. 도적 X가 데려간 것 같아요.

그게 무슨 소리야!

그럼 밖으로 나간 걸까?

네, 옥상으로 올라갔다는 보고가 들어왔습니다!

꺅, 이거 놔!

놓으라고!

싫은데?

💎 **영단어 학습** : bring 데려가다, roof 옥상
outside 바깥, climb 올라가다

어디,
먼 나라로 떠나 볼까?
우리 단둘이서만!

할 말이
있으니 여기
앉아 봐.

어디로
데려가는 거지?

뭔가
이상하지 않아?

그들이 널
이곳에 머물게 하고
있지. 그 이유가
뭐라고 생각해?

그건….
우리 아빠를
찾기 위해서…?

118   ◆ 영단어 학습 : leave 떠나다, distant 먼
country 나라, sit 앉다

아니.
골드 스톤을
찾기 위해서지.

그래, 좋게 말해서
그들의 목적이
둘 다라고 치자.

그런데 그들에게
네 아버지와 골드 스톤,
과연 어떤 게
더 중요할까?

대체
하고 싶은
말이 뭐야!

◈ 영단어 학습 : purpose 목적, both 양쪽
father 아버지, other 다른

119

이런, 아직도
모르겠어?

그들의 목적은
네 아버지를
찾는 게 아니야.
다른 목적이
있는 거라고.

다른 목적이
있다고?

무슨
목적인데?

그건, 바로….

여기!
도적 X를
찾았습니다!

◆ 3인칭대명사 복수형 : They are on the roof.
그들은 옥상에 있다.

꼼짝 마라! 도적 X!

너는 이미 *포위됐다!

어서 공주님을 놔드리고 항복해라!

하아…. 매번 중요한 순간에 나타나 방해를 하는군.

그럼 할 수 없지.

◆ **영단어** 학습 : surround 포위하다, surrender 항복하다
moment 순간, disturb 방해하다

두 번이나 이런 일을 겪게 해서 미안한데….

탁

Don't move!
움직이지 마!

꺅

휘

소중한 공주를 다치게 하고 싶지 않다면 말이야!

Q. 명령문이란 무엇일까?

A. 상대방에게 어떤 행동을 하라고 명령하거나 지시하는 문장

① 긍정 명령문 : 문장 앞에 주어를 쓰지 않고 '동사원형'을 쓴다.

예 **Dance with me.**
나와 춤을 추자.

② 부정 명령문 : 문장 앞에 주어를 쓰지 않고 '**Don't**+동사원형'으로 쓴다.

예 **Don't move.**
움직이지 마.

가만 안 둬! 비겁한 자식!

잠깐!

섣불리 움직였다가는 공주님이 위험해 질 수 있습니다.

다른 방법을 생각해 보시죠.

◆ **동사원형** : 영어에서 동사의 원래 모습을 동사원형이라고 한다. 예를 들어 동사 am, are, is의 동사원형은 be동사이다.

비겁하다고?
그래 맞아.

그렇지 않으면
약자는 살아남을 수
없다는 걸 너도
잘 알지 않나?

뭐?

그래서
약자를 인질로
잡고 있냐?!
부끄러운
줄 모르고
말야!

부끄러워?
그러는
너희들은?

자꾸
뭐라는
거야!

궁금하면
네 아버지에게
물어보면
될 텐데?

로즈 공주.

◆ **명령문**에서 주어인 you는 생략 : You help me. 너는 나를 돕는다.
→ Help me. 나를 도와줘.

다음 이야기가 궁금하지 않아?

나랑 함께 가면 모든 걸 알려 줄게.

저들의 진짜 목적이 무엇인지.

그리고 사라진 네 아버지에 대해서도….

지금 무슨 소리를 하는지 하나도 모르겠어! 너무 혼란스러워!

던져!

영단어 학습 : story 이야기, tell 이야기하다
wonder 궁금하다, everything 모든 것

◆ 긍정 명령문 : You throw a net. 너는 그물을 던진다.
→ Throw a net. 그물을 던져라.

이얍!

얍!

차악

앗!

강철 그물을 끊었어!

강철을 손톱으로 끊을 수 있는 건 왕족뿐인데! 왕족 중에 저런 녀석이 있었나?

저도 저런 자는 처음 봅니다.

훗.

지잉-

툭

◆ 영단어 학습 : iron 철, net 그물
nail 손톱, cut 자르다

우리 *나리들께서는 왕족만 뛰어나다는 구닥다리 생각을 버리시길!

다음에는 우리 둘이서만 조용히 만날 날을 기대하지.

그때까지 안녕!

다음에 또 만나자니?

🐾 영단어 학습 : outstanding 뛰어난, thought 생각
day 날, expect 기대하다

안녕,
프린세스!

나한테 말해
주겠다는 다음
이야기가 뭘까?

금장미,
괜찮아?

공주님,
다친 곳은
없으십니까?

아….
다리에
힘이….

🐾 **영단어 학습** : fly 날다, hurt 다치다
pain 고통, sore 아픈

하하,
아니에요.
괜찮아요.

도적 X는 나를
해치기는커녕,
무언가를 알려
주려고 했어.

그리고
루이와 에드에게
또 다른 목적이
있다는 건,

무슨
의미일까?

정신 차려!

그 얼빠진
표정은 뭐야?

어디 아프세요?
도적 X가 공주님께
무슨 짓을 한 건
아니죠?

무슨 짓이라니요,
아니에요.

◆ **영단어 학습** : something 무언가, about ~에 대하여
mean 의미하다, attention 주의, 집중

정말 걱정하지 않아도 돼.

예전이나 지금이나 도적 X는 나한테….

또 그녀석 편을 들 모양이군.

어이가 없어서 말이 안 나오네.

그런 게 아니야. 다만….

What a stupid girl! 이 바보 같은 소녀야!

뭐? *stupid?* 바보 같은?

◆ 부정 명령문 : Don't worry. 걱정하지 마라.

(Don't + 동사원형 : ～하지 마라)

루이, 지금 나한테 욕했지?

욕한 게 아니라 너의 멍청함에 놀라서 감탄한 거다!

Q. 감탄문이란 무엇일까?

A. 상대방을 의식하지 않고 혼자서 자기의 느낌을 표현하는 문장

> **What + (a/an) + 형용사 + 명사 + (주어 + 동사)**
> '매우 ~한 …이구나!'

형용사 뒤의 명사가 단수일 때 형용사 앞에 a나 an을 쓴다.

🔴 **What a beautiful lady!**
정말 아름다운 숙녀구나!

에드, 루이는 하루라도 나를 놀리지 않으면 입에 가시가 돋나 봐요!

백작님도 놀라셔서 그런 거예요. 이해하세요.

그런데 아까 도적 X가 공주님께 뭐라고 속삭이던데요? 무슨 얘기를 했어요?

아!

그게….

말해야 하나? 왠지 말하기가 어려운데!

💎 **what**으로 시작하는 감탄문 : She is a beautiful lady. 그녀는 아름다운 숙녀이다.
　　　　→ **What** a beautiful lady! 그녀는 정말 아름다운 숙녀구나!

저, 좀 피곤한데 그만 집으로 돌아가도 돼요?

아! 제가 생각이 짧았네요.

음, 저도 그때엔 정신이 없어서 기억이 잘 안 나요….

데뷔식만 해도 피곤하셨을 텐데 이런 일까지 생기시다니 많이 고단하시죠?

푹 쉬세요. 집에 데려다 드릴게요.

아아, 고민이네!

132 ◆ 영단어 학습 : remember 기억하다, tired 피곤한
house 집, home 가정

장미의 집

도적 X의 이야기가 정말일까?

그렇다면 루이와 에드가 나에게 다른 목적이 있다는 건데.

까칠하지만 어려운 순간마다 날 도와줬던 루이,

나에게 언제나 상냥한 에드워드.

GRAMMAR CAT

생각해 보면 갑자기 나를 찾아온 게 이상하긴 했어.

아냐, 아냐, 도적 X의 말 몇 마디에 그들을 의심하면 안 되지!

악! 모르겠다, 모르겠어!

♥ 에드와 루이가 장미에게 접근한 진짜 목적은 무엇일까요?
〈헬로우 그래머캣〉 3권을 기대해 주세요!

5장 명령문과 감탄문

01. 명령문

명령문 : 상대방에게 어떤 행동을 하라고 명령하거나 지시하는 문장

(1) **긍정 명령문** : 상대방에게 '~하라'라고 명령할 때는 문장 앞에 주어를 쓰지 않고 '동사원형'을 쓴다.

예 **You dance with me.** 너는 나와 춤을 춘다.

⇨ **Dance with me.** 나와 춤을 추자.

(2) **부정 명령문** : 상대방에게 '~하지 마라'라고 명령할 때는 주어를 쓰지 않고 '**Don't**＋동사원형'으로 쓴다.

예 **You worry me.** 너는 나를 걱정하고 있다.

⇨ **Don't worry.** 걱정하지 마.

02. 감탄문

감탄문 : 상대방을 의식하지 않고 혼자서 자기의 느낌을 표현하는 문장

(1) **what**으로 시작하는 감탄문

> **What + (a/an) + 형용사 + 명사**

형용사 뒤에 명사가 복수이거나 셀 수 없는 명사일 때는 a나 an을 쓰지 않아요.

- '매우 ~한 …이구나!'라는 표현으로 명사 뒤의 주어와 동사는 생략하기도 한다.
- 형용사 뒤의 명사가 단수일 때 형용사 앞에 **a**나 **an**을 쓴다.
  - 예 **What a beautiful lady!** 정말 아름다운 숙녀구나!

What a beautiful lady she is! 정말 아름다운 숙녀세요!

생략 가능

문장에서 형용사나 부사 뒤에 주어나 동사는 생략하는 경우가 많아요.

(2) **how**로 시작하는 감탄문

> **How + 형용사[부사] + (주어 + 동사)!**

- '…이(가) 매우 ~하구나!'하고 감탄하는 표현으로 형용사나 부사 뒤의 주어와 동사는 생략하기도 한다.
  - 예 **How stupid a girl!** 정말 어리석은 소녀구나!

How stupid a girl! 얼마나 바보같은 소녀인지!

How stupid a girl she is!
▶ How stupid a girl!

생략 가능

Q1. 위너가 대명사 카드를 마구 섞었어요. 인칭대명사 카드와 지시대명사 카드를 구분해 보세요.

 I  you  this  that  she they we

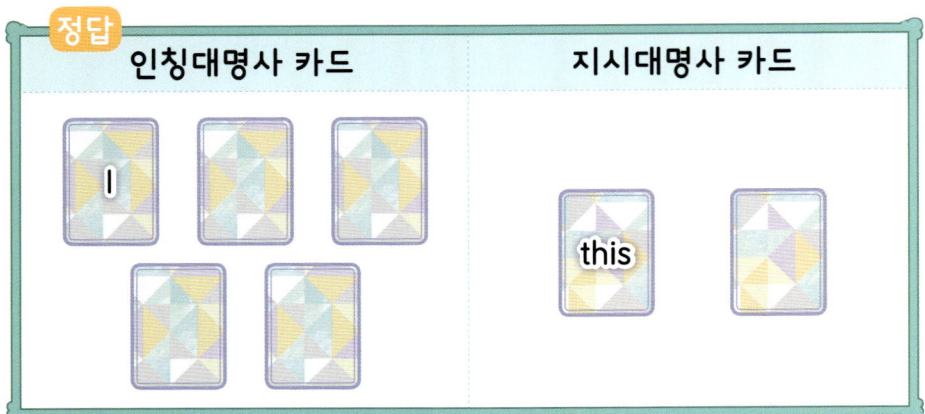

정답

인칭대명사 카드	지시대명사 카드
I	this

Q2. 고양이 친구들이 말하는 인칭대명사의 우리말 뜻을 빈칸에 써 보세요.

인칭대명사는 대신하는 말에 따라 1, 2, 3인칭으로 나뉘어!

인칭대명사는 사람이나 사물의 이름인 명사를 대신해서 가리키는 말이야.

❶ I   (   )   ❺ it   (   )

❷ you 단수 (   )   ❻ you 복수 (   )

❸ he   (   )   ❼ she   (   )

❹ they   (   )   ❽ we   (   )

Q3. 친구들의 말을 읽고 각 문장에 따른 인칭대명사를 찾아 동그라미를 해 보세요.

💎 **인칭대명사의 주격**을 찾아라!	💎 **인칭대명사의 목적격**을 찾아라!
❶ ⓘ am tall. 나는 키가 크다.	❶ Look at ⓜⓔ. 나를 봐.
❷ She is busy. 그녀는 바쁘다.	❷ They know her. 그들은 그녀를 안다.
❸ It is big. 그것은 크다.	❸ I like you. 나는 너를 좋아한다.
❹ You are a student. 너는 학생이다.	❹ She loves him. 그녀는 그를 사랑한다.

Q4.  에드워드가 장미의 숙제를 도와주려고 해요. 다음 표의 빈 곳에 인칭대명사를 알맞게 써 보세요.

	단수		복수	
	주격	목적격	주격	목적격
1인칭	(I) 나는	me 나를	(we) 우리는	us 우리를
2인칭	you 너는	you ( )	you 너희는	you ( )
3인칭	she ( ) he 그는 ( ) 그것은	her ( ) him 그를 ( ) 그것을	( ) 그들은 / 그것들은	( ) 그들을 / 그것들을

137

Q1. 루이와 에드워드가 인칭대명사의 소유격을 찾고 있어요. 다음 문장에서 인칭대명사의 소유격을 찾아 동그라미를 해 보세요.

정답

❶ It is (my) computer .
그것은 나의 컴퓨터다.

❷ It is your bag.
그것은 너의 가방이다.

❸ I know her sister.
나는 그녀의 여동생을 안다.

소유격은 '누구의', '무엇의'라는 의미를 가지고 있죠.

소유격이 뭐예요?

Q2. 장미의 구슬에는 소유대명사만 들어갈 수 있어요. 다음 〈보기〉에서 소유대명사를 골라 써 보세요.

보기

| I | you | mine |
| she | yours | they |

정답

❶ _____

❷ _____

'~의 것'이라는 소유대명사로 쓰인다고 했었어요!

❶ _____ ?
❷ _____ ?

Q3. 장미가 인칭대명사의 소유격과 소유대명사를 표로 만들기로 했어요. 아래의 표를 완성해 보세요.

단수		복수	
소유격	소유대명사	소유격	소유대명사
my 나의	(　　) 나의 것	our (　　)	(　　) 우리의 것
(　　) 너의	yours 너의 것	your 너희의	yours 너희의 것
his (　　)	his (　　)	(　　) 그들의	theirs 그들의 것
her 그녀의	(　　) 그녀의 것		
its 그것의	×	their 그것들의	(　　) 그것들의 것

Q4. 에드워드는 장미가 쓴 문장을 고쳐 주려고 해요. 다음 문장의 밑줄 친 부분을 바르게 고쳐 빈칸에 써 보세요.

❶ The book is <u>Jangmi book</u>.
그 책은 장미의 책이다.

Jangmi book ▶ _____
　　　　　　　　　장미의 책

❷ I know the <u>cat name</u>.
나는 그 고양이의 이름을 안다.

cat name ▶ _____
　　　　　　　고양이의 이름

❸ They are <u>boys's desks</u>.
그것들은 소년들의 책상이다.

boys's desks ▶ _____
　　　　　　　　소년들의 책상

❹ They are <u>women bags</u>.
그것들은 여성용 가방이다.

women bags ▶ _____
　　　　　　　여성용 가방

3장 명사와 대명사의 일치

Q1. 도적 x가 장미를 위해서 문제를 내고 사라졌어요. 여러분도 장미와 함께 문제를 풀어 보세요.

밑줄 친 명사를 대신할 수 있는 대명사를 써 봐!

보기

❶ The man is a thief. 그 남자는 도둑이다. ▶ _____

❷ The girl is pretty. 그 소녀는 예쁘다. ▶ _____

❸ The books are nice. 그 책들은 훌륭하다. ▶ _____

정답

Q2. 연설문을 쓰던 장미가 중복되는 명사를 대명사로 바꾸려고 해요. 장미를 도와 중복되는 명사를 대명사로 바르게 고쳐 보세요.

You know the girl. The girl's name is Jangmi.

너는 그 소녀를 안다. 그 소녀의 이름은 장미이다.

정답

The girl's

▼

_____

여자를 나타내는 대명사를 생각해 봐.

Q3. 에드워드는 장미에게 and로 연결되어 있는 단어들을 대신하는 대명사를 찾으라고 했어요. 알맞은 대명사를 찾아 줄을 그어 연결해 보세요.

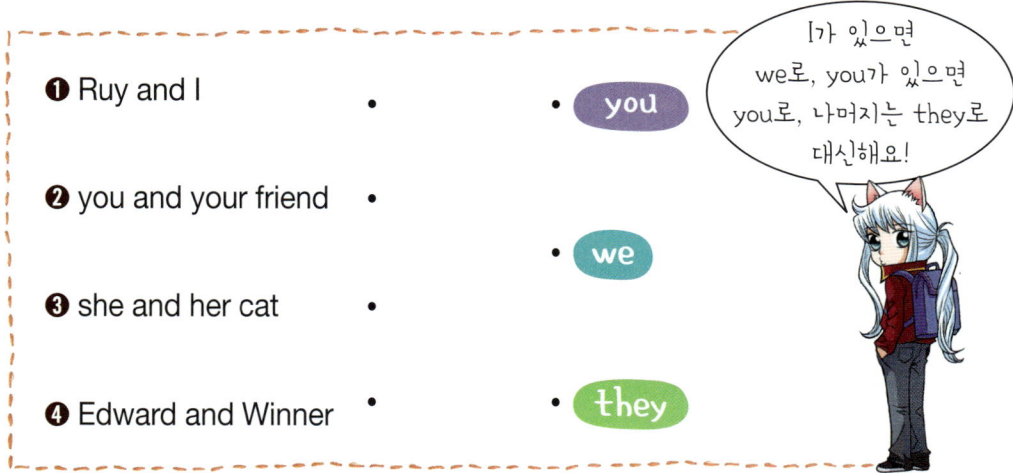

❶ Ruy and I •

❷ you and your friend •

❸ she and her cat •

❹ Edward and Winner •

• you

• we

• they

I가 있으면 we로, you가 있으면 you로, 나머지는 they로 대신해요!

Q4. 〈보기〉에 있는 단어들을 대신할 수 있는 인칭대명사를 찾아 알맞게 써 보세요.

보기

Winner and I	Ruy and Edward
mom and dad	you and she
you and your cat	the cat and I

정답

we	you	they

Grammar Test

4장 지시대명사

Q1. 실비아가 장미에게 한 말을 보고, 영어 문장 속에서 지시대명사를 찾아 동그라미를 해 보세요.

❶ That is a juice bar.
저것은 주스 바예요.
❷ This is a cup.
이것은 컵이에요.

휴, 공주님.
지시대명사는 무언가를 가리키며 대신하는 대명사잖아요.

지시대명사가 뭐더라?

Q2. 장미는 자신이 입은 드레스를 가리켰어요. 그런데 지시대명사를 잘못 사용했네요. 잘못된 부분을 바르게 고쳐 보세요.

That is a dress.

No,
is a dress.
라고 해야지.

정답 That
▼
_____

가까이에 있는 사물이나 사람 하나를 가리키는 지시대명사는 무엇이 있을까요?

Q3. 도적 X가 훔친 보석들이에요. 보석들에 새겨진 복수형 지시대명사를 찾아 동그라미를 해 보세요.

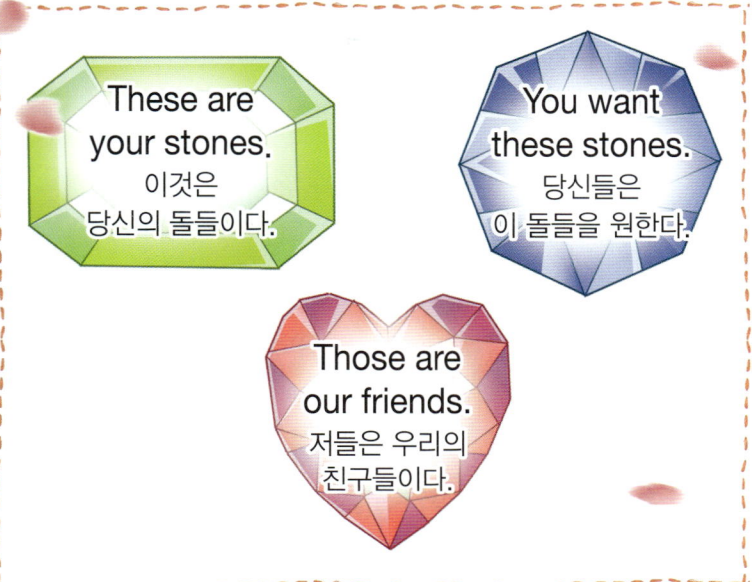

These are your stones.
이것은 당신의 돌들이다.

You want these stones.
당신들은 이 돌들을 원한다.

Those are our friends.
저들은 우리의 친구들이다.

Q4. 집으로 돌아온 장미는 지시대명사에 대해서 복습해 보았어요. 다음 문장 중 밑줄 친 지시대명사의 뜻을 우리말로 써 보세요.

❶ <u>Those</u> are my sisters.　　　예 이 사람들

❷ <u>Those</u> are my friends.　　▶ _____

❸ <u>These</u> are my shoes.　　▶ _____

Q1. 다음 〈보기〉의 그림을 보고 위너가 장미에게 말한 문장을 명령문으로 바꾸어 보세요.

보기

You call my name.
너는 내 이름을 부른다.

정답 ▶ _____ my name.

내 이름을 불러 봐.

Q2. 다음 〈보기〉의 문장을 보고 부정명령문으로 바꿔 쓸 때 빈칸에 들어갈 알맞은 말을 쓰세요.

_____ worry!
걱정하지 마!

정답

_____

부정명령문은 상대방에게 '~하지 마라'라는 뜻이에요!

Q3. 도적 x가 장미에게 쪽지를 남기고 갔어요. 쪽지의 내용을 what으로 시작하는 감탄문으로 바꾸어 보세요.

Dear Rose Gold,
You are a cute girl.
너는 귀여운 소녀이다.
From 도적 X

정말 귀여운 소녀구나!

정답

Q4. 실비와 데이지는 How로 시작하는 감탄문으로 에드워드를 칭찬했어요. how가 들어갈 알맞은 위치를 찾아 동그라미 하세요.

① handsome ② he ③ is!
그는 정말 잘생긴 남자란 말야!

맞아, 나의 에드워드 님!

보기

꺄!

how를 어디 넣어야 할까요?

정답 _____ 번

Writing Test

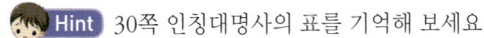

Hint 30쪽 인칭대명사의 표를 기억해 보세요.

01. 다음 문장의 밑줄 친 부분을 바르게 고쳐 문장을 다시 쓰세요.

1 <u>Me</u> am a princess. (나는 공주이다.)

_____

2 <u>Them</u> are students. (그들은 학생이다.)

_____

Hint 56, 57쪽 인칭대명사의 소유격과 소유대명사를 기억해 보세요.

02. 다음 우리말 뜻과 같도록 빈칸에 알맞은 말을 쓰세요.

1 골드 스톤은 그녀의 것이다.

Gold stone is _____ .

2 그것은 장미의 책이다.

That is _____ book.

Hint 82, 83쪽 명사와 대명사를 일치시키는 방법을 기억해 보세요.

o3. 다음 문장의 밑줄 친 부분을 대명사로 바꿔 문장을 다시 쓰세요.

1 Ruy and I are friends. (루이와 나는 친구이다.)

_____

2 Edward and Winner are not friends.
(에드워드와 위너는 친구가 아니다.)

_____

Hint 108, 109쪽 지시형용사(this, that, these, those)를 기억해 보세요.

o4. 다음 우리말 뜻과 같도록 지시형용사를 알맞게 빈칸에 쓰세요.

1 나는 저 여자아이를 안다.

I know _____ girl.

2 이 컵들을 봐.

Look at _____ cups.

Grammar Test 1장 인칭대명사

Q1. 위너가 대명사 카드를 마구 섞었어요. 인칭대명사 카드와 지시대명사 카드를 구분해 보세요.

| I | you | this | that | she | they | we |

정답

인칭대명사 카드	지시대명사 카드
I you she they we	this that

Q2. 고양이 친구들이 말하는 인칭대명사의 우리말 뜻을 빈칸에 써 보세요.

인칭대명사는 대신하는 말에 따라 1, 2, 3인칭으로 나뉘어!

인칭대명사는 사람이나 사물의 이름인 명사를 대신해서 가리키는 말이야

❶ I (**나**)   ❺ it (**그것**)
❷ you (**너**)   ❻ you (**너희**)
❸ he (**그**)   ❼ she (**그녀**)
❹ they (**그들**)   ❽ we (**우리**)

136

Q3. 친구들의 말을 읽고 각 문장에 따른 인칭대명사를 찾아 동그라미를 해 보세요.

🔷 인칭대명사의 **주격**을 찾아라!

❶ I am tall.
나는 키가 크다.
❷ She is busy.
그녀는 바쁘다.
❸ It is big.
그것은 크다.
❹ You are a student.
너는 학생이다.

🔷 인칭대명사의 **목적격**을 찾아라!

❶ Look at me.
나를 봐.
❷ They know her.
그들은 그녀를 안다.
❸ I like you.
나는 너를 좋아한다.
❹ She loves him.
그녀는 그를 사랑한다.

Q4. 에드워드가 장미의 숙제를 도와주려고 해요. 다음 표의 빈 곳에 인칭대명사를 알맞게 써 보세요.

	단수	단수	복수	복수
	주격	목적격	주격	목적격
1인칭	(I) 나는	me 나를	(we) 우리는	us 우리를
2인칭	you 너는	you (너를)	you 너희는	you (너희를)
3인칭	she (그녀는) he 그는 (it) 그것은	her (그녀를) him 그를 (it) 그것을	(they) 그들은 / 그것들은	(them) 그들을 / 그것들을

137

Grammar Test 2장 인칭대명사의 소유격과 소유대명사란 무엇일까?

Q1. 루이와 에드워드가 인칭대명사의 소유격을 찾고 있어요. 다음 문장에서 인칭대명사의 소유격을 찾아 동그라미를 해 보세요.

정답

❶ It is my computer.
그것은 나의 컴퓨터다.
❷ It is your bag.
그것은 너의 가방이다.
❸ I know her sister.
나는 그녀의 여동생을 안다.

소유격은 '누구의', '무엇의'라는 의미를 가지고 있죠

소유격이 뭐예요?

Q2. 장미의 구술에는 소유대명사만 들어갈 수 있어요. 다음 〈보기〉에서 소유대명사를 골라 써 보세요.

보기	I	you	mine
	she	yours	they

정답

❶ _____ **mine**
❷ _____ **yours**

~의 것'이라는 소유대명사로 쓰인 다고 했었어요!

 ?
 ?

138

Q3. 장미가 인칭대명사의 소유격과 소유대명사를 표로 만들기로 했어요. 아래의 표를 완성해 보세요.

단수	단수	복수	복수
소유격	소유대명사	소유격	소유대명사
my 나의	**Mine**	**우리의**	**Ours**
your 그의	**그의것** hers	your 너희의	yours 너희의 것
her 그녀의		**their**	theirs 그들의 것
its 그것의	x	their 그것들의	**theirs**

Q4. 에드워드는 장미가 쓴 문장을 고쳐 주려고 해요. 다음 문장의 밑줄 친 부분을 바르게 고쳐 빈칸에 써 보세요.

❶ The book is Jangmi book. Jangmi book ▶ **Jangmi's book**
그 책은 장미의 책이다.

❷ I know the cat name. cat name ▶ **cat's name**
나는 그 고양이의 이름을 안다.

❸ They are boys's desks. boys's desks ▶ **boys's desk**
그것들은 소년들의 책상이다.

❹ They are women bags. women bags ▶ **women's bag**
그것들은 여성용 가방이다.

139

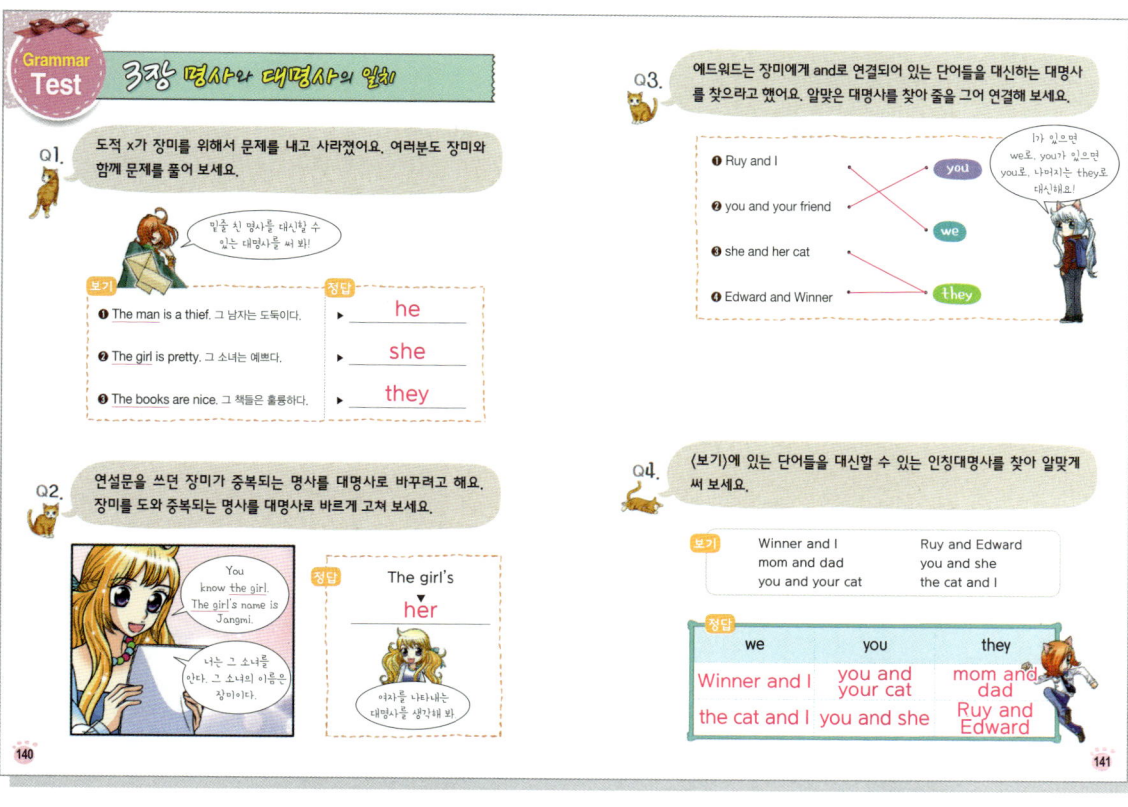

3장 명사와 대명사의 일치

Q1. 도적 x가 장미를 위해서 문제를 내고 사라졌어요. 여러분도 장미와 함께 문제를 풀어 보세요.

밑줄 친 명사를 대신할 수 있는 대명사를 써 봐!

보기
❶ The man is a thief. 그 남자는 도둑이다.
❷ The girl is pretty. 그 소녀는 예쁘다.
❸ The books are nice. 그 책들은 훌륭하다.

정답
▶ he
▶ she
▶ they

Q2. 연설문을 쓰던 장미가 중복되는 명사를 대명사로 바꾸려고 해요. 장미를 도와 중복되는 명사를 대명사로 바르게 고쳐 보세요.

You know the girl. The girl's name is Jangmi.

나는 그 소녀를 안다. 그 소녀의 이름은 장미이다.

정답
The girl's ▶ her

여자를 나타내는 대명사를 생각해 봐.

Q3. 에드워드는 장미에게 and로 연결되어 있는 단어들을 대신하는 대명사를 찾으라고 했어요. 알맞은 대명사를 찾아 줄을 그어 연결해 보세요.

❶ Ruy and I
❷ you and your friend
❸ she and her cat
❹ Edward and Winner

you
we
they

[가] 있으면 we로, you가 있으면 you로, 나머지는 they로 대신해요!

Q4. 〈보기〉에 있는 단어들을 대신할 수 있는 인칭대명사를 찾아 알맞게 써 보세요.

보기
Winner and I   Ruy and Edward
mom and dad   you and she
you and your cat   the cat and I

정답

we	you	they
Winner and I	you and your cat	mom and dad
the cat and I	you and she	Ruy and Edward

4장 지시대명사

Q1. 실비아가 장미에게 한 말을 보고, 영어 문장 속에서 지시대명사를 찾아 동그라미를 해 보세요.

휴, 공주님. 지시대명사는 무언가를 가리키며 대신하는 대명사잖아요.

지시대명사가 뭐더라?

❶ That is a juice bar. 저것은 주스 바예요.
❷ This is a cup. 이것은 컵이에요.

Q2. 장미는 자신이 입은 드레스를 가리켰어요. 그런데 지시대명사를 잘못 사용했네요. 잘못된 부분을 바르게 고쳐 보세요.

That is a dress.

No, ____ is a dress. 라고 해야지.

정답
That ▶ this

가까이에 있는 사물이나 사람 하나를 가리키는 지시대명사는 무엇일까요?

Q3. 도적 X가 훔친 보석들이에요. 보석들에 새겨진 복수형 지시대명사를 찾아 동그라미를 해 보세요.

가난한 백성들에게 나누어 줄 거야!

These are your stones. 이것은 당신의 돌들이다.

You want these stones. 당신들은 이 돌들을 원한다.

Those are our friends. 저들은 우리의 친구들이다.

Q4. 집으로 돌아온 장미는 지시대명사에 대해서 복습해 보았어요. 다음 문장 중 밑줄 친 지시대명사의 뜻을 우리말로 써 보세요.

❶ Those are my sisters. ❤ 이 사람들
❷ Those are my friends. ▶ 저 사람들
❸ These are my shoes. ▶ 이것들

정답

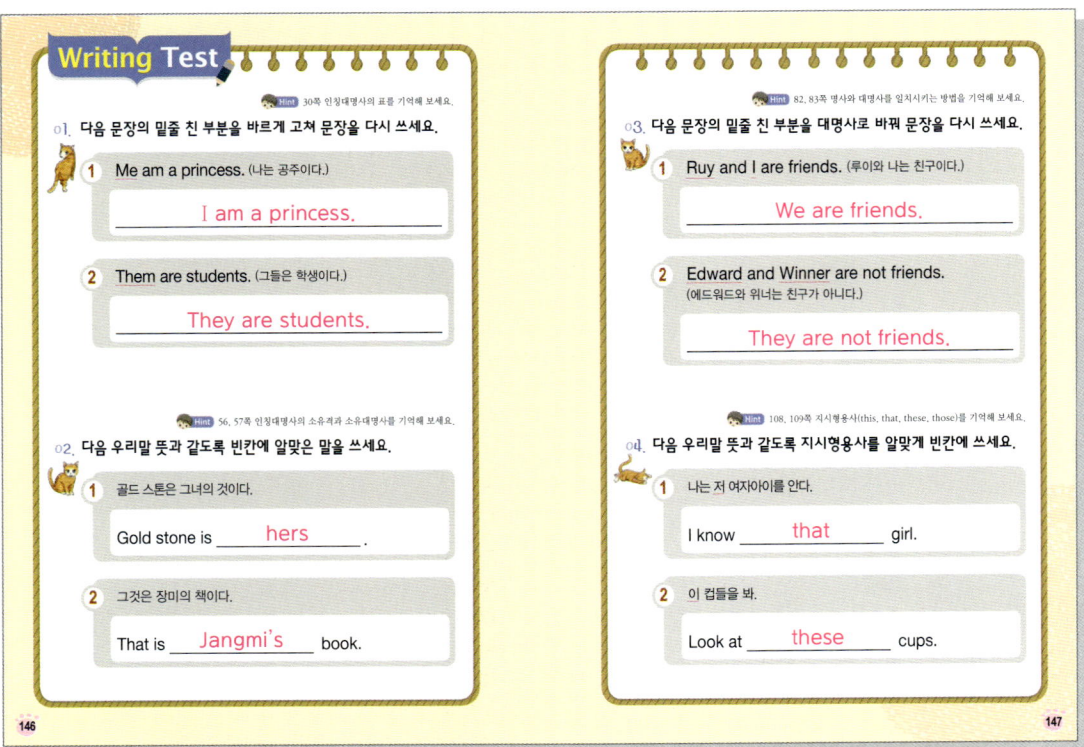

영단어 찾아보기

WANTED

'도적X'

E 1,000,000

보이는 즉시 신고하세요

캐릭터
컬러링북

Character Coloring Book